AF363194

LAS JOYAS DE LA FAMILIA

Todo cambia con el tiempo

Laura G. Huaquín M.

EDIQUID

LAS JOYAS DE LA FAMILIA
© Laura G. Huaquín M.

Editado por: Corporación Ígneo, S.A.C.
para su sello editorial Ediquid
José Olaya 169, Ofic. 504, Miraflores. Lima, Perú
Primera edición, abril, 2025

ISBN: 978-956-6404-32-3

Se terminó de imprimir en abril de 2025 en:
ALEPH IMPRESIONES SRL
Jr. Risso Nro. 580 Lince, Lima

www.grupoigneo.com
Correo electrónico: contacto@grupoigneo.com | Teléfono: +51 955 071 270
Facebook: Grupo Ígneo | X: @editorialigneo | Instagram: @grupoigneo

Colección: Nuevas Voces

Contenido

Agradecimientos

Mis primeros agradecimientos van a las amigas de la piscina a las cuales conté parte de esta historia y en ese momento consideré escribir este libro.

A mi familia, que me ha apoyado en todo momento. A Cecilia, a Carmencita Huaquín, primas que me han contado historias; y a mi primo Pedro y Sonia, su esposa, que también me han apoyado.

A Miriam Larrea, profesora de historia, quien ha leído el libro encontrándolo muy interesante y me ha dado sus comentarios positivos.

Muy agradecida a Don Marcos González, corrector implacable. A Tania Samamé, Coordinadora del Grupo Ígneo, por sus mensajes; y a todo el equipo de la Editorial con la cual estoy editando este libro.

Para finalizar, a mis estimados lectores y lectoras que han elegido este libro entre sus lecturas, que espero disfruten.

Presentación

Con mucho afecto por mi familia y mis amistades, este es un libro que articula la ficción con la realidad. Aunque no es propiamente una novela, espero que pueda leerse y ser presentada como una narración que atraiga y nos ayude a entender tanto las olas migratorias, sus dificultades, el amor que se va perdiendo, como a veces se pierden los bienes materiales.

Presento aquí a una familia joven que, por motivos bélicos y religiosos, emigra desde Beirut, la ciudad capital de ese hermoso país árabe, el Líbano, debido a la situación política que dominaba en esos momentos el territorio. Dos hermanos y dos hermanas muy jóvenes salen del país. Uno de ellos, el menor, casado con la mayor de las hermanas, sale con sus dos pequeños hijos a este viaje sin retorno.

La trayectoria del barco, así como la llegada a Argentina, un país desconocido, pero moderno en esos tiempos, les abre nuevas expectativas de trabajo y desarrollo. La familia crece y, después de algunos años, viaja a Chile, donde una parte se asienta y vive. La madre, que no domina bien el idioma español y enfrenta dificultades para criar a sus hijos, tiene la entereza de educarlos y de trasladarse a donde sea posible para brindarles una buena formación, algo que ella consideraba fundamental. Gran parte de ese tiempo estuvo acompañada por su hermana menor, quien la ayudó a criar a sus hijos pequeños.

Así se desarrolla esta historia de los cuatro hijos de esta mujer y de cómo cada uno busca sus metas y lo que les interesaba hacer, o lo que les convenía, siempre bajo el cuidado de su madre, para quien ellos fueron sus tesoros más preciados.

Se describe parte de la vida de los cuatro hijos de Leila y de los hijos de ellos, quienes logran ser personas de bien, aportar tanto a la educación como al trabajo y ganarse el pan «con el sudor de su frente», como dice ese dicho que hoy parece olvidado.

También podemos ver cómo, con el paso del tiempo, muchas cosas espirituales y materiales cambian. En este caso, se muestra cómo muchas posesiones materiales, que algunas personas creen valiosas, también cambian y terminan en manos de familias que nada tienen que ver con los dueños originales.

Vemos así que, actualmente, hay valores que se han perdido para muchas personas, entre ellos la honestidad, la veracidad, la caridad y el servicio. Sin embargo, creo relevante considerar que, como todo en la vida, esos valores tienen su ciclo y pueden volver a recuperarse.

Capítulo I
Familia Assad

En julio, catorce años previos al siglo XX, nace George Assad, dentro de una familia libanesa importante y de buen pasar. Propietarios de una hermosa mansión en Beirut y terrenos cercanos de cultivos, tenían también hilanderías de seda en las que trabajaban muchas personas que colaboraban con ellos; además del aporte de paisanos que mantenían en sus granjas cercanas gusanos de seda (*Bombyx mori*) y plantas de *Morera* sp. para alimentarlos.

Esos gusanos no son otra cosa que larvas de mariposas que, antes de transformarse en hermosos lepidópteros, pasan por el estado de crisálidas; es decir, capullos en cuyas paredes permanecen durante el tiempo que precede a su mutación en insectos voladores. Antes de que eclosionen, en las cápsulas tratadas se producen los finísimos hilos con los que se confeccionaban las telas que se exportaban a Francia; muy apreciadas por los franceses en una época en la que vestían con mucho colorido: sedas tornasoladas, verdes, rosadas, azul celeste; y con muy diversos diseños. Una auténtica maravilla producida en la fábrica de los Assad y familia.

En ese entorno de trabajo y dinámicas actividades crece aquel niño, quien con el cuidado y el amor de sus padres se transforma pronto en un agraciado joven, buenmozo y de tan bella voz que lo hacían cantar en las fiestas de cumpleaños o en los encuentros familiares.

La música era fundamental. La mandolina, con su típico sonido de ocho cuerdas; y el laúd, de doce, eran los instrumentos musicales que acompañaban al folclor y los más usados en esas veladas de canciones entre los jóvenes. Las mujeres debían servir a los hombres la mayoría de las veces, incluso a los niños varones, pues esas eran sus costumbres. Así crecían y su cultura era de siglos.

Eran dos hermanos bien servidos. El mayor, Joan, corpulento y muy atento con todos, tenía unos años más que George. Quería a su familia y trabajaba supervisando los cultivos y las hilanderías junto a su padre, Michel Assad. Joan había estudiado en Francia, en el Instituto Tecnológico Francés, por lo que conocía muy bien ese idioma y su escritura. Reconocía la calidad de los capullos de las diferentes mariposas que se cultivaban en las moreras, lo que también le permitía evaluar la calidad de los productos que exportaban y de la seda que quedaba en el país.

El padre estaba contento con sus hijos. Era una familia hacendosa. La madre, muy activa, les servía con amor. Tenía, eso sí, muchos sirvientes que la ayudaban en la mansión.

Cuando creció George, el hijo menor, le gustaba mucho salir con su hermano mayor a recorrer los lugares con vegetación, pasear por los parques y visitar a los amigos. Estas incursiones las hacían durante los fines de semana para distraerse de los días laborales y de los estudios. Su familia había pensado enviarlo a estudiar a Francia cuando finalizara su educación juvenil en Beirut. Mientras tanto, aprendía francés como segundo idioma.

Uno de esos fines de semana largos, con motivo de las festividades libanesas, salieron a caminar y descansar en un parque cercano. En ese ambiente había lugares hermosos para salir y entretenerse.

Como paréntesis, debo señalar aquí que en esos tiempos de principios del siglo XX aún no había televisión, celulares ni esos computadores con los que ahora la gente trabaja o se entretiene; y muchas veces prefieren quedarse en casa viendo una buena película. Recién estaba empezando el cine mudo, que solo mostraba imágenes; pues el sonoro comenzó en 1927.

Entonces, ellos caminaban y aprovechaban para conversar sobre el negocio de la familia y acerca de la situación del país, que preocupaba mucho a Joan.

—El domingo pasado —empezó a comentar el hermano mayor—, nuestra madre no pudo ir a la iglesia porque los musulmanes estaban impidiendo la entrada. ¡Parece que estos turcos quieren problemas!

Seguían caminando y conversando.

—Vamos un poco más allá. Hay varias familias maronitas en este sector y, a veces, las he encontrado en la iglesia cuando voy a buscar a mamá —le dijo Joan a su hermano.

—¡Perfecto!, vamos a conocer bien ese sector —respondió George—, que se ve bonito y cuidado. Hay jardines muy bien arreglados y otros con cercos llenos de plantas que no dejan ver nada hacia el interior.

—Sí, son los lugares donde tienen las hijas —contestó Joan—. Cubren las rejas con muchos setos vivos y arreglan los jardines por dentro para que las niñas o jovencitas, si las hay, puedan jugar o estar afuera sin que las vean.

No lejos del parque, vivía una familia con tres hijos: dos niñas y un niño muy pequeño. La madre las cuidaba mucho y les enseñaba las labores del hogar y la atención que merecían su padre y su hermano menor. Ese día de fiesta estaba hermoso, lleno de sol y con la brisa del Mediterráneo. Las chicas salieron al jardín a jugar y pasear por el lindo prado.

Cuando pasaban frente al patio de aquella casa, los jóvenes escucharon risas y conversaciones entre las niñas. Ellos se acercaron, las vieron a través de la puerta pequeña de la reja, y las llamaron. La madre, que a veces las miraba por la ventana, justo las divisó aproximarse por un lugar que no estaba tapado por las plantas que cubrían casi toda la reja.

Los jóvenes intuyeron que allí podrían vivir algunas jovencitas bien parecidas. En efecto, George las encontró muy atractivas, pero Joan las consideró aún niñas. Al escuchar los cantos y risas de las hermanas, el hermano menor se arrimó más a la reja y les pidió a ellas que se acercaran también. «Afortunadamente —pensó él—, no llevan el pañuelo que les cubre parte del rostro». De modo que pudo ver a Leila, la mayor, y quedó muy sorprendido por lo linda que era.

La madre salió casi corriendo y quiso saber qué pasaba.

—¡*La, la, laaa*! (¡no, no, nooo!) —les gritó—. ¡Salgan de ahí! ¡Saben que la gente de la calle puede verlas! Nada de acercarse a la reja de la calle. Además, andan sin su pañuelo. Jueguen más adentro.

—Vamos a la casa, pues ya va a ser la hora del café de la tarde. ¡Entren y pongan la mesa para su padre!

El señor Dip, abuelo de las niñas, había llegado a Beirut por negocios, desde Francia, a mediados del siglo XIX. Era joven y se enamoró de una hermosa dama de Beirut, con la que se casó. Su esposa tuvo un solo hijo, quien se casó con Zaida Here.

Todos vivían juntos: los abuelos, los padres y ahora las hijas; junto con un pequeño varón que había tenido Zaida. Según ella, era el último hijo que le había regalado Dios y, por fortuna, había nacido varón.

Leila y su hermana Zaida —llamada igual que su madre—, jugaban constantemente en el jardín de su casa al sur de Beirut, luego de terminar los quehaceres que su madre les encomendaba. Debían aprender a ser buenas dueñas de casa: cocinar, poner bien la mesa y lavar la loza. La limpieza era fundamental. Tenían que voltear todos los muebles, barrer por arriba y por abajo; pasar el jabón a los lavaplatos y lavatorios y, con un paño, sacar lustre a las superficies de madera. «Todos esos deberes son para tener una casa bonita y acogedora», decía su madre a sus dos hijas.

Durante la semana, ellas asistían a la escuela de señoritas y aprendían según los programas educativos para niñas en Beirut. Por supuesto, aprendían a leer, escribir y elegían otro idioma: francés, inglés o turco; este último muy utilizado.

Aunque Leila, la hija mayor, apenas tenía doce años recién cumplidos, George, de diecisiete años, quiso enamorarla. No había pasado mucho tiempo, cuando él les dijo a sus padres que quería casarse con una buenamoza que había conocido, y pidió que su padre fuera a la casa de Leila a pedir su mano.

Lo conversaron en familia y consideraron que era una buena idea que su hijo se casara, pues pronto cumpliría dieciocho años. Tomada la decisión, pidieron a su hijo mayor que fuera a casa de los Dip Here y preguntara a la madre cuándo podría ir el padre de George a conversar con el señor Dip, el padre de Leila.

En este caso, era la madre quien tomaba las decisiones, siempre consultando con el esposo, quien sería el encargado de dar o no el consentimiento. Ella le comentó a su esposo que su hija aún era muy pequeña y que era mejor esperar un tiempo antes de dar una respuesta afirmativa a la familia Assad.

—Bueno, podemos esperar un tiempo —afirmó él—, pero es un buen partido para nuestra hija; no vaya a ser que cambie pronto de opinión. Recuerda que es joven, y ellos se entusiasman rápidamente con otras mujeres.

—Es educado —añadió—. Lo conocí hace poco tiempo, cuando fui a un café cerca de la costanera. Además, tiene cualidades musicales. Lo oí cantar en el café. La gente estaba muy entusiasmada con sus canciones y lo aplaudieron mucho. Se ve un jovencito atractivo.

Las conversaciones se prolongaron durante varios meses, en los que debatían sobre si permitir que Leila se casara tan joven o esperar un poco más. Mientras tanto, los jóvenes se veían furtivamente los domingos, cerca de la casa de Zaida. Leila se llegaba a la reja por donde pasaba George, mientras la hermana menor de ella entretenía a su madre con diálogos y preguntas, permitiendo que Leila se acercara a la reja sin ser vista.

Capítulo II
Visita de los Assad a la familia Dip

Pasaron los meses de ese año de principios del siglo XX, 1904. Leila estaba por cumplir trece años. Para ella no había otra opción que casarse, pues era la única manera de salir de la casa. Estudiaba, pero su madre le enseñaba principalmente las tareas del hogar. Sabía idiomas: hablaba francés, árabe y un poco de yidish, ya que tenían amigos hebreos que visitaban a la familia y que, en algún momento, habían ido a vivir a Beirut.

Con la intervención de Joan, se concertó una visita de la familia Assad a la casa de los Dip Here para pedir la mano de la hija primogénita. La madre de Leila se esmeró en preparar bocadillos especiales, tanto dulces como salados, junto con el mejor café.

El padre, la madre y George llegaron a casa de los Dip Here en la fecha acordada, a las cuatro y media de la tarde, llevando regalos y flores.

—¡Muy buenas tardes! Qué grato es venir a esta casa —dijo el padre de George, un hombre muy educado.

—¡Muy buenas tardes! —respondió la madre de Leila, quien salió a recibir a los invitados—. Ella no tenía mucama ni servidumbre que abriera la puerta, como era costumbre en casa de los Assad.

—Pasen ustedes, mi marido los está esperando en el salón.

Entraron a una sala decorada con muy buen gusto: sillones verde oscuro y cojines en tonos más claros con bordados dorados; arreglos florales en las esquinas y vitrinas con adornos de vidrio de diversos colores. Era evidente que era una casa alegre.

—Muy buenas tardes, señor Dip —saludaron los recién llegados.

—Muy buenas tardes, mis estimadas visitas. ¿Cómo han llegado? No está tan lejos nuestra vivienda de vuestra casa.

—No, no —respondió el señor Assad—, pero vinimos en nuestro carro por mi esposa, para que no llegue tan cansada a la vuelta.

El padre de George se quedó observando hacia una esquina del salón.

—Esa hermosa vitrina es una antigüedad escasa en estos tiempos, ¿no es así? —se apresuró a preguntar.

—Sí, es una antigüedad heredada de mis padres —respondió el señor Dip—, quienes a su vez la recibieron de los suyos. Eran pocos los artesanos capaces de hacer cosas tan bonitas en aquellos tiempos. Es francesa, del siglo XVII.

Continuaron conversando sobre diversos temas del país hasta que apareció Leila para servir el café.

—Bien, bien —expresó el padre de la joven al verla.

Casi al mismo tiempo, entró la madre con una bandeja de dulces árabes y otros bocadillos.

—Me ha dicho su hijo que ustedes desean hablar con nosotros sobre algo importante para nuestras familias, como es la petición de mano de nuestra hija mayor. Mi esposa me dice que aún es muy joven, pero ya va a cumplir trece años. Deberíamos esperar unos meses antes de este matrimonio. Además, este par de jóvenes deberían conocerse un poco más, ¿no les parece? —comentó el señor Dip sonriendo.

—Efectivamente —añadió el señor Assad—, parece que mi hijo, el menor de los nuestros, ya quiere empezar a formar una familia. Se ha enamorado de su hija mayor, Leila, quien, como la he visto en este momento, es una bella señorita.

En el transcurso de estas conversaciones, acompañadas del exquisito café y de los bocadillos que servían las niñas, se concretó la fecha del matrimonio y el lugar especial de la fiesta: un hotel lujoso que la familia de George se encargó de contratar. Todo quedó bien organizado: los invitados, las fotografías —que eran escasas y caras en esos tiempos— y la comida, que el hotel proveería para los asistentes.

La iglesia era un tema importante. Debía ser la maronita, a la que asistían la madre de George y, en ocasiones, la madre de Leila cuando encontraba musulmanes cerca de su iglesia habitual. Entonces, simplemente se daba la vuelta y se encaminaba hacia otra iglesia más céntrica en Beirut, evitando así discusiones e incidentes.

De este modo, todo quedó concertado entre las familias y, tras unos cuatro o cinco meses se efectuó el matrimonio entre George y Leila. Él, un joven de dieciocho años bien parecido; ella, con trece años, era demasiado joven, casi una niña. Sin embargo, con el vestido de novia y el peinado que le hicieron, aparentaba ser mayor. Así fue el amor a primera vista entre estos jóvenes.

La fiesta de matrimonio fue hermosa, con linda música y numerosos regalos; entre ellos joyas para Leila y algunos detalles para la ropa de George. La comida fue abundante: asado de cordero, rellenos árabes con hojas de parra (*uarak*), zapallitos, berenjenas y otras exquisiteces. También hubo muchos dulces con miel, rellenos de nueces, almendras y pastas, como *maamul*, *kinafe*, *baklava* y otros.

Poco tiempo después, Leila quedó encinta, lo que fue otra felicidad para el matrimonio. Se notaba que se amaban. George continuaba trabajando en la fábrica de su familia y, en su tiempo libre, estudiaba un poco de comercio con la intención de ir a Francia al año siguiente. En cuanto a ella, cuidaba de la casa y de su embarazo.

El 25 de diciembre de 1906 nació su primer hijo. La abuela, muy religiosa, y la familia de George, como católicos maronitas, decidieron llamarlo Elías, como el profeta hebreo. Dos años después nació el segundo hijo, al que llamaron Michel George, en honor a su abuelo. Este bebé nació más pequeño, por lo que el parto fue más rápido y menos doloroso para Leila. En esos momentos, su madre Zaida iba a casa de los Assad para cuidar a su hija cada vez que nacía un nuevo nieto.

Había felicidad en el matrimonio. Tenían ya dos hijos varones, y esto era una bendición según las creencias dentro de las familias árabes. Leila se dedicó a cuidarlos y a enseñarles lo que sabía: leer y escribir. Su esposo estaba muy orgulloso de ser el padre de aquellos dos hermosos niños.

Capítulo III
Comienzos del siglo XX

Pero no todo era buen pasar en esos años. Se había llegado a una época, a fines del siglo XIX e inicios del XX, en que el Líbano, doblegado hacía bastante tiempo por los turcos, sufría permanentes ataques. Se encontraba bajo la supremacía del Imperio otomano, fundado a finales del siglo XIII (1299) y comienzos del siglo XIV por Ottman (Osman) el Magnífico, quien preconizaba la libertad de culto en sus dominios. Por otro lado, también estaban los turcos selyúcidas, de gran importancia en la Edad Media, convirtiéndose al islam y combatiendo por su religión.

Estamos hablando de comienzos del siglo pasado, cuando los turcos otomanos habían consolidado el poderío con el que por unos seiscientos años habían sometido pueblos de gran parte de Europa, como Hungría, Bulgaria y Grecia; del Medio Oriente, como Líbano, Jordania, Siria, Palestina y otros países árabes; además de Egipto y parte del norte de África. A pesar de sus dimensiones geográficas, querían seguir expandiéndose.

Sin embargo, a principios de esa centuria, este gran imperio estaba en decadencia y perdiendo parte de sus conquistas. En ese contexto, un grupo de jóvenes turcos pensó que con toda su energía juvenil y el empuje y coraje necesarios podían atreverse a tomar el poder. Sabían que el Estado se hallaba en bancarrota, que había pedido préstamos a países europeos y que estos tenían intereses en los mercados y las materias primas del Medio Oriente. Por otro lado, Grecia, Creta y otras regiones del territorio austrohúngaro pedían su independencia a las organizaciones internacionales en Europa.

Viendo todo esto, este grupo de jóvenes turcos en la práctica se apoderó del gobierno y comenzó a imponer condiciones. Entre ellas, mediante un llamado por todos los altavoces de las grandes ciudades y pueblos del Medio Oriente, dispuso que todos los jóvenes mayores de dieciséis años debían enlistarse como soldados turcos e ir a las batallas emprendidas para continuar invadiendo y aumentar así las tierras del Imperio que, como podía apreciarse, ya se estaba desmoronando.

Las personas comunes, como la familia Assad, no se involucraban en esas políticas; vivían de lo que producían y eso les bastaba. La compleja situación impulsó a que los hermanos Joan y George hablaran con sus padres para buscar la forma de salir del Líbano para vivir fuera de los conflictos bélicos.

Se sabe que los libaneses son gente de paz, personas de trabajo que viven siempre pensando en sus familias; herederos de los fenicios, hombres de mar que vivían del comercio recorriendo el Mediterráneo, mientras sus mujeres los esperaban con grandes expectativas de sus recorridos. Cuando ellos regresaban, las casas estaban adornadas de una manera especial, con alfombras, cojines y muchos adornos de colores brillantes, vitrinas y grandes braseros con inciensos.

Tales son sus costumbres, que incluso en la actualidad las casas son bellamente adornadas, con mucha vidriería de color. En el primer piso viven los abuelos; en el segundo, el primer hijo que se ha casado; en el tercero, el hijo de este matrimonio con su esposa. Así van ocupando las casas y, si hay nietos que se casan, se construye otro piso en la misma casa. La costumbre es vivir juntos.

Lamentablemente, al emigrar perderían esta vida familiar, los jóvenes esperaban lograr formar su propia familia. en otro lugar, pues la situación en el Líbano se hacía cada vez más difícil y complicada para ellos. George se había casado temprano con una hermosa chica libanesa de ascendencia francesa y, como matrimonio, ellos podían salir del país.

De modo que la familia se reunió, y tanto los Assad como los Dip conversaron bastante una tarde. Los mayores pensaban que los jóvenes ya no podían vivir bien en ese país, por lo que convinieron en que debían irse a otras tierras. Era lo más prudente en esas circunstancias. «Ya pasará este período —dijeron—, y nos contactaremos apenas estemos en un lugar tranquilo donde podamos vivir».

«Tenemos aquí nuestra vida —les explicaron, pues los adultos y los mayores de la familia se quedarían en Beirut—. Hemos vivido bien, nos apoyamos unos a otros. Los echaremos de menos, pero no podemos permitir que ustedes pasen por la situación que está viviendo nuestro país. Estos turcos están llamando a luchar».

Por lo tanto, los jóvenes debían viajar lo más lejos posible de las conflagraciones existentes en el Medio Oriente. Permanentemente, ellos habían estado en guerra por diferentes motivos y, en ese momento, lo más alejado para ellos era América. Los distanciaría un gran mar, que sus ancestros fenicios conocían muy bien, y un océano que separaba Europa y África de ese continente aún desconocido para ellos. Debían partir para no continuar soportando ese dominio y esos mandatos inhumanos que sufrían los cristianos y otras religiones por parte de los turcos otomanos.

¿Cómo enfrentar esa salida? Con tiempo, empezaron a prepararla. No debían echar pie atrás. *Al haraka baraka* (bendición al traslado). O como expresa otro dicho en español: «¡Al que se muda Dios le ayuda!».

En el año 1910 comenzaron a preparar la partida. Grandes baúles con enseres de la casa: manteles, carpetas, ropa para las camas y todo lo necesario en un hogar. También llevaban un baúl muy especial, en donde, además de las sedas y cosas finas, había un maletín de cuero repujado color damasco con una cantidad de joyas hermosas labradas en pueblos de Oriente: anillos, conjuntos de pulseras, las joyas usadas en el matrimonio; aretes de oro, lazos del cuello y joyas para adornar el pecho y el pelo, muchas de ellas con piedras preciosas.

Algunas de estas joyas se las habían regalado en la ocasión de su boda. Todas iban bien guardadas en sus cajas, tanto las de mujeres como las de los hombres: anillos, sujetadores de corbata, cadenas, insignias y colleras. Otras, las que usaban con más frecuencia, iban sueltas, listas para ponerse; entre ellas pulseras y algunas colleras.

Antes del viaje, ambas madres de las familias les regalaron sus joyas de oro a Leila y a Zaida para que, en caso de necesidad, las vendieran. Joan llevó sus cosas aparte, en un baúl, con sedas hermosas de la fábrica. El padre también le dio algunas piedras valiosas que podía usar en cualquier momento. Se sabe que a los árabes les gustan las joyas y los adornos.

La familia que partiría desde Beirut estaba integrada por seis personas: los hermanos George y Joan; las hermanas Leila y Zaida; y los pequeños Elías, de cinco años, y Michel, de tres, hijos de George y Leila.

Había muchos otros libaneses que querían salir del país desde otros lugares del Líbano, como Tiro, Biblos, Sidón o Trípoli; e incluso sirios, palestinos y jordanos que se enfrentaban a dificultades en esos países del Oriente Medio, donde las guerras y los problemas con los gobiernos eran bastante complicados.

El barco, en el que tomaron pasajes, pasaría por Atenas, Italia y llegaría a Marsella. Había también bastantes pasajeros que viajaban desde otras ciudades hasta Egipto o Italia; otros venían desde Damasco y el interior.

Pasaron unos meses viviendo en Francia, arreglando sus documentos de viaje y buscando un barco en el cual viajar. En Marsella tomaron uno a vapor con una chimenea (como ahora es posible apreciar en una fotografía que se puede encontrar en Google). No era de gran tamaño, como esos cruceros que se construyen en la actualidad. Este barco los trasladaría al otro continente, atravesando el océano Atlántico, el segundo más grande del globo terráqueo, y que separa a Europa y África del continente americano.

Ellos debían estudiar ese itinerario, revisar los mapas de la época y tomar el transporte que mejor los acomodara para salir de Europa. Esperanzados, partieron los seis libaneses con sus pasaportes, que en ese momento eran turcos, rumbo a tierras desconocidas.

En el barco se encontraron con otros árabes, que hablaban su misma lengua, entablando conversaciones y haciendo nuevos amigos. Las mujeres se cuidaban mucho de no intervenir, ya que no era costumbre que ellas participaran entre hombres desconocidos, pero sí conversaban con otras mujeres que también habían salido de esas tierras de Oriente. Algunas hablaban un dialecto que de todas maneras era comprensible y se entendían.

Sabían que el viaje sería largo y que habría incomodidades en los camarotes, pero lo soportaban de la mejor manera posible. Los niños pequeños se mantenían ocupados con juegos; los jovencitos y niñas mayores jugaban a las cartas y a otros juegos de mesa disponibles en el barco para entretener a los pasajeros.

La hora del almuerzo era muy esperada. Se almorzaba por turnos: desde las doce y media del mediodía hasta la una y media de la tarde el primero, y desde la una y media hasta las dos y media el segundo. Había que cambiar platos y lavar el servicio en el comedor. Todos debían cooperar, ya que el viaje duraba alrededor de dos meses y el personal de servicio no era muy numeroso.

La mayoría de las personas prefería almorzar en el primer turno, ya que decían que en el segundo podrían tocarles las sobras de los demás. Sin embargo, en realidad todos se servían bien y casi no dejaban nada en el plato. A cada persona le tocaba un pan del que repartían, a veces recién horneado, el cual encantaba a los niños.

Durante la travesía, los adultos estudiaban sus mapas, además de los que les mostraba el capitán del barco, quien les señalaba que llegarían primero a Argentina, un país desarrollado con materias primas y ganado, en donde se podía comer bien: buena carne, trigo, frutas y arroz. Además, había buenos médicos y buenas escuelas. Todo esto lo comentaban con el capitán del barco, quien conocía esos lugares y hablaba de sus bondades.

—Es un país formidable —aseguraba el capitán—. Allí encontrarán medios modernos de transporte y de comunicaciones, como el telégrafo y teléfonos, en todos lados, para que se comuniquen con sus parientes.

—También hay hoteles de todo tipo, desde los grandes hasta más modestos. Creo que, para empezar a buscar arriendos, les conviene optar por hoteles más modestos. Son buenos y limpios, y los encontrarán cerca del centro de la capital, Buenos Aires, una ciudad hermosa que apreciarán cuando la conozcan bien.

Finalmente, después del largo viaje, llegaron a Buenos Aires. Bajaron sus bultos y buscaron hospedaje. El hermano de George, Joan, le informó que seguiría hasta Brasil, desde donde les escribiría.

—Ya nos encontraremos —le dijo a George.

Sin embargo, las probabilidades de encontrarse en esos parajes desconocidos eran pocas.

Joan permaneció unos días hasta la nueva partida del vapor *Formosa*. Durante el primer y segundo día, los ayudó con el transporte de sus baúles. Dejó su equipaje en el barco, decidido a irse a Brasil, ya que tenía amigos que se dirigirían a ese país. Desde allí contactaría a sus padres en Beirut. Se iría con personas ya establecidas en Río de Janeiro, la próxima parada del vapor. Había pensado en poner un negocio de telas en Río, pues creía que allí sería más interesante por los carnavales que allí celebraban. Ya lo tenía decidido.

A la semana siguiente, Joan se hallaba rumbo a Brasil, mientras la familia de George se quedaba en Buenos Aires, una ciudad emergente, ya diseñada como una gran capital, con casonas señoriales, barrios exclusivos y edificios centrales llamados rascacielos. Grandes mercados abastecían al público que llegaba desde muchas partes a comprar mercaderías.

Desde Buenos Aires también se distribuían por toda América del Sur las últimas novedades llegadas de Europa: de Italia, Francia o Alemania. Había de todo para modernizar una casa, desde vestuario a la última moda de París hasta vitrolas con discos de *jazz* o de música clásica, de Bach, Vivaldi, Mozart, Beethoven o Kuhlau. Los románticos en boga, como Chopin y Liszt, también estaban disponibles, así como las composiciones de Gershwin, que combinaban *jazz* y música clásica y eran difundidas a través de la radio en todo el mundo. Por último, el tango, la música popular, se podía encontrar en cualquier disquería.

A George le gustaba mucho la música. Cantaba canciones del folclore libanés y algunas canciones francesas de moda en esos tiempos.

Capítulo IV
Familia en Argentina

Los primeros días se quedaron en un hotel de Buenos Aires para buscar luego una casa donde vivir. Tal como les había explicado el capitán del barco, el hotel al que llegaron era bueno, no de lujo, pero con muy buenas piezas con baño interior. En el pequeño departamento colocaron una cama más, pues solo había una matrimonial y otra pequeña. Los niños dormirían juntos y para Zaida colocaron una cama adicional.

Pasaron la primera semana en el hotel, con George buscando casa y trabajo, pues necesitaba dinero argentino para poder alimentar a su familia de cinco personas: tres adultos y dos niños. Zaida, la hermana de Leila, también era casi una niña, más bien una adolescente que había que cuidar.

En la calle Charcas, del barrio de Palermo, encontraron una casa; mejor dicho, casi un edificio de departamentos, donde se fueron a vivir. Para poder vivir bien, como ellos estaban acostumbrados, debían arreglar su casa, acomodarla, comprar los colchones, las frazadas y todos los enseres. Leila tenía las sábanas, manteles, carpetas y muchos útiles de cocina que, entre sus cosas, había traído en los baúles desde Beirut.

George salía a buscar trabajo. En primer lugar, encontró un trabajo como jornalero, que pudo realizar porque creía que cualquier labor era digna de hacer por la familia. Al mismo tiempo, pensó en darse a conocer en el barrio, donde había muchas construcciones emergentes y varios cafés, en los que todos se juntaban después de la jornada de trabajo. Allí él se hizo notar como cantante.

«Por fin tenemos una casa donde vivir», pensó Leila al llegar a su nueva vivienda. Desempacaron todo, guardaron sus cosas en los roperos y usaron los baúles solo para mantener las cosas de mantelería y lo que no se usaba con frecuencia. Una vez todo arreglado, se veía una linda y cómoda casa. Solo faltaban uno que otro adminículo para la cocina y una mesita para los niños.

Era cierto, en Buenos Aires se podía encontrar de todo para vivir bien, ella pensó en que poco a poco arreglarían mejor el comedor y comprarían algún mueble para la vajilla, platos, tazas y vasos. De modo que salía a conocer los negocios y entraba a hacer sus compras de los enseres que le faltaban, especialmente en los que identificaba con nombres o apellidos árabes.

Así continuó con sus tareas de dueña de casa y cuidando a sus hijos. Zaida siempre la ayudaba con el aseo y todos los detalles necesarios para ellos, que todavía eran pequeños. Leila preparaba los alimentos de los niños y hacía sus comidas.

—Dime, Elías, ¿qué te gustaría comer hoy?

—Quiero berenjenas, que hace usted muy ricas, mamá, pero con carne.

—Sí, ayer tu padre trajo de cordero; las haremos con carne —le prometía ella cariñosamente al pequeño.

Todo lo que ella preparaba le quedaba bien. A veces no tenía todos los aderezos que se usaban en Oriente y como los que mantenía su madre en la cocina, pero igual encontró en los puestos cercanos muy buenos productos para sazonar los alimentos. Pollo, carne, arroz, legumbres, frutas y verduras no les faltaban. A pesar de su juventud, ya estaba madurando y pensando en cómo mantener su casa y hacer que sus niños y su esposo vivieran contentos en un verdadero hogar, como el de sus padres en Beirut.

Mientras tanto, George trabajaba en construcciones y, como ya sabemos, también comenzaba a ser conocido como cantante. Había empezado a cantar en un café donde, en las tardes, se juntaban varios vecinos y amigos árabes; algunos de los cuales habían llegado con él. Se tomaban sus cafés y se quedaban en el local hasta más tarde, admirando y entreteniéndose con este joven que cantaba tan bien.

De manera que, en esta nueva situación, empezó a llegar más tarde a casa y a desatender las compras. Decía que no alcanzaba, después del trabajo, a realizar esta tarea, pues tenía que cumplir su contrato en el café.

Ella le pedía que comprara algunas cosas para los niños, en especial algo de ropa, pues estaban creciendo. Elías ya necesitaba pantalones y algunas camisas porque a los seis años, que cumpliría a fin de año, había crecido mucho. Por supuesto, debían celebrarlo bien.

Entonces, George comenzó a dejar dinero para que ella hiciera compras, ya que cuando él salía del local todo estaba cerrado, pues eran más de las veinte horas. De manera que su vida empezó a cambiar. A los dos años de haber llegado, tuvieron un tercer hijo, también varón, al que llamaron Mussi.

Daba la impresión de que George quería dedicarlo a la música. Hermoso hijo Mussi, gordito, bien alimentado. Creció sano con la leche materna. Argentina era realmente un buen lugar para vivir. Llegó al hospital y la atendieron casi gratis. Mostrando su contrato de trabajo y su lugar de origen, George tuvo muy poco que pagar.

Vivían bien. Ahora estaban contentos en Buenos Aires. A su hijo mayor lo colocaron en un colegio de la Alianza Francesa, cerca de donde vivían. Le iba bien, era un chico inteligente.

Poco a poco se acostumbraban, pero algo pasó en el matrimonio. Hubo fracturas, de esas en las que era imposible saber lo que había de por medio: si otra mujer o algún desliz de George. La situación empeoró cuando, a los dos años de nacido Mussi, ella le dijo que estaba esperando un nuevo hijo.

—¿No será hija? —conjeturó él.

—No, es un hijo —le dijo ella, muy segura—. Hace poco que lo sé, pues ya no menstruo y me siento muy bien; igual que con nuestros hijos anteriores.

George se sintió un poco molesto. Un nuevo hijo significaría más gastos. Además, él quería un poco de libertad para poder asistir al café, a algunos teatros y a revistas de esa época, con actrices y chicas que le llamaban la atención. No había vivido su juventud, y ya con más años le hacía falta. Él quería a su esposa, pero le molestaban todas las preguntas que ella le hacía al volver de su trabajo: «¿Dónde estuviste?», «¿por qué llegas a esta hora?», «¿cuánto gastaste en el teatro?», «¿cómo están tus amigos?».

Estas y muchas otras indagaciones hacía Leila al conversar con él. Ella lo quería mucho y sabía que a veces a él le molestaban tantas preguntas. En casa, durante todo el día ella quería saber de su vida y de sus actividades fuera: de su trabajo, del café, de los amigos. Por eso ella preguntaba. También pedía cosas que debían tener y comprar en el comercio. Con el contacto diario en la construcción y en el café con los amigos, él hablaba español mejor que ella.

George empieza a pensar en cómo podía quedarse a veces solo en Buenos Aires y estar más a gusto con sus amigos y amigas. Se acuerda de los amigos que tiene en Chile, quienes le han escrito algunas cartas diciéndole que ese país también está muy bien y que al sur de allí se vive sin problemas; que hay campos cercanos en venta, donde se pueden instalar.

—¿Sabes?, podríamos viajar a Chile —le dijo a Leila uno de esos días en que llegó a casa contento, pues le había ido muy bien en el café.

—Dicen que es un país donde se vive muy bien. Acuérdate de los Nahum y de los Herrera, nuestros amigos. Nos dicen que nos recibirán para que allá podamos encontrar una casa donde vivir y tú puedas tener más comodidades. Hagamos ese viaje que tenemos pendiente para visitar a los amigos que se fueron a Chile.

—Bien, viajemos a Chile —consintió ella—. Hace tiempo que queríamos ir a ese país.

Querían dirigirse a ese país desconocido y tan interesante que les llamaba la atención, situado al oeste de la maravillosa cordillera de los Andes; con abundantes zonas de blanca y hermosa nieve, que se veían como en el país que habían dejado; con sus montañas cercanas a los 3000 m de altura y con nieve que daba abundante agua gran parte del año.

De nuevo a armar bolsos, maletas y bultos para llevar sus cosas a este nuevo territorio en el que querían vivir. Partieron. Ya había tren para atravesar la cordillera, uno hermoso recién inaugurado entonces, en 1910. Era una obra de ingeniería monumental, considerada a nivel mundial como un portentoso avance del transporte en zonas cordilleranas y unión de dos países hermanos.

Tenían que viajar desde Buenos Aires a Mendoza y en esa ciudad, muy popular y con muchísimo comercio, debían tomar el otro tren cordillerano hasta la ciudad de Los Andes en Chile. Desde allí viajar a Santiago, la capital, para luego dirigirse al sur del país. Un muy largo viaje. Afortunadamente, para ir al sur de Chile había un tren con coche cama, que ellos tomaron para poder llevar a sus tres niños y a la hermana de Leila.

Después de varios días de travesía, arribaron bien al sur, donde tenían a sus amigos Herrera y a los Nur, quienes podían hospedarlos por unos días mientras buscaban un lugar para arrendar o para comprar. Llegaron a Río Negro, un pueblito de no más de 2500 habitantes y donde casi todos se conocían. Allí había varias familias árabes, entre ellas los Nahum, los Aleuanyi o los Herrera, familia esta que había españolizado su apellido. Todas buenas personas que ayudaron de inmediato a George y a Leila, a sus hijos y a Zaida.

Compraron un campo al norte de Río Negro, en el sector de Chifín.

—Leila, querida, debo volver a Buenos Aires —le dijo pronto George a su esposa—. Tengo mi trabajo allá, donde soy bien pagado. Me acaba de llegar un telegrama en el que me dicen que me necesitan para que me haga cargo, en la radio Belgrano, de toda la organización y, además, como cantante en la hora árabe. Sé que me pagarán muy bien.

—George, ya has estado poco más de tres meses aquí; asististe al nacimiento de nuestro hijo, que ya tiene mes y medio. Tienes que volver y pensar en que dejas aquí a tu familia. Te pido que te quedes aquí hasta que Joseph cumpla los dos meses. En estas semanas puedes dejar arregladas las otras actividades que tienes con tus amigos e irte despidiendo de ellos.

George se asombró de que su mujer lo tomara tan bien y que no le hiciera reproches como lo había hecho en Argentina. Fue una gran decepción para Leila, quien había pensado que su esposo estaría con ella. Sin embargo, no se amilanó. Sufrió callada su pena. Supo entonces que había otra mujer entre ellos y que eso no lo sabrían sus hijos pequeños.

Su padre debía ir a Buenos Aires, donde tenía que trabajar en la hora árabe de la radio Belgrano. Desde allí les enviaría el dinero para pagar sus gastos. Buscaron colegios para los niños. Había escuelas rurales.

El pequeño Joseph había nacido un 8 de julio de 1914. Vivieron ahí varios años, en ese pueblo hermoso, con su río, muchas colinas verdes y una escuela linda recién pintada, que tenía cursos hasta sexta preparatoria. Era de las escuelas públicas de Chile, la Escuela Elemental N.º 11 de Río Negro. Se decía que pronto habría un liceo, donde podían seguir estudios secundarios los niños que quisieran seguir estudiando. Elías estaba ya en segundo año; hablaba en árabe con su madre, pero había aprendido a leer español.

Leila quería que Michel estuviera con su padre, asignarle a este la responsabilidad de criar a su hijo y que le diera una buena educación, ya que a ella le sería complicado tener a los cuatro. Era una mujer práctica, que pensaba bien y era responsable. Habló con su esposo.

—Querido George, como vas a irte a Buenos Aires, te pido, por favor, que lleves a tu hijo Michel para que continúe en el colegio francés donde estaba estudiando. Lo sacamos para el viaje, pero quiero que continúe ahí este año. Espero que no se le haya olvidado el francés, porque ya por lo menos aprendió algo a leer en ese idioma.

—¡Pero, querida! —le dice George—. ¿Cómo voy a llevarlo, si tiene solo seis años? Creo que mejor es que se quede aquí. Te va a echar de menos.

—¡No!, él te echará de menos a ti —replicó ella—, por eso quiero que lo lleves. Sabes lo apegado a ti que es él.

—Bueno, viviremos juntos en la misma casa donde estábamos, ya que no la entregué todavía. Seguiré arrendando allá.

Leila nunca había perdido las esperanzas de volver a Beirut, pero estaba tan lejos que eso la desanimaba. Al respecto, en Argentina le llegaban cartas de vez en cuando, desde Beirut, las tierras que echaba de menos. Aunque apenas conocía la dirección donde estaba, les escribía y enviaba sus cartas; incluso a un amigo judío que había conocido en casa de sus padres cuando niña. Era hijo de una familia que se había trasladado a Beirut hacía un tiempo. Ellos seguían siendo amigos y se escribían, pero esas cartas habían molestado alguna vez a George.

Ella no sabía hablar ni escribir bien en castellano, o español, como ahora se le llama. Sin embargo, escribía bien en árabe e incluso en el idioma judío. Ahora debía dar su dirección otra vez, de modo que pensó que le escribieran a la oficina de correos de Río Negro para ir a buscar luego su correspondencia. Así podría salir e ir a visitar a los amigos que tenía en el pueblo.

—Me gustaría mucho ir a ver a nuestros padres —le decía a Zaida y a George ese día, antes de que él regresara a Argentina.

Los tres mayores estaban sentados a la mesa, con una comida exquisita preparada por Leila, quien pensó que su marido la recordaría, aunque fuera por esa comida. Los niños dormían y la maleta de Michel estaba lista.

—¿Cuándo podremos viajar nuevamente a nuestra ciudad? Me gustaría ver a mamá —decía Leila con nostalgia—. La extraño, igual que a nuestro padre.

—Sí, yo también los extraño —ratificó Zaida—. Extraño también la ciudad, sus playas y el mar cercano. En las noches me pongo a pensar en qué será de ellos y en cómo estarán.

—¿Cómo estará nuestro hermano menor, que se quedó solito con ellos? —preguntó Zaida—. ¡No sabemos nada del abuelo! ¿Les escribiste, Leila? Tú sabes que yo no escribo muy bien, por eso no les he escrito. Solo cuando llegamos aquí lo hice, pero ellos parece que no me entendieron, pues no me han contestado.

—Sí, es verdad. Yo he recibido solo dos cartas aquí, desde que estábamos en Argentina. Ahora debes escribir también para contar que estamos en Chile. El correo es lento, demora mucho en llegar la correspondencia.

George, que estaba un poco callado, también pensaba en sus padres y en la familia que se había quedado en Beirut.

Capítulo V
Leila y sus hijos en Chile

Las despedidas no son siempre placenteras, y esta de George y Leila fue bien triste; solo que ella no fue a dejarlo a la estación de Río Negro. Se despidieron esa noche en casa. Él salió a las ocho de la mañana, cuando sus hijos recién despertaron, dándoles un abrazo. Michelin, como ellos le nombraban a Michel a esa edad, también se despidió, contento de poder viajar con su padre.

Ya en la estación, esperaron el tren que venía desde Puerto Montt. Zaida los acompañó para despedirlos. Michel no tenía mucha conciencia de que regresaría a Argentina, pero ya le explicaría su papá a lo largo del viaje. Le gustaba su colegio y sabía que volvería. Ahí había conocido a otros chicos que llegaron junto con él y algunos de esos compañeros hablaban tanto árabe como francés, que era el idioma que se les exigía en el colegio.

«Viaje sin incidentes», le escribió George a su esposa cuando llegó.

«Mis amigos, todos bien, y Michelin ya va al colegio. Siguió en su mismo curso, el primer año. Debe recordar lo que aprendió anteriormente, y solo le quedan dos meses de clases, pues a mitad de diciembre ya salen de vacaciones».

«¿Cómo encontraste la casa? —le pregunta ella por carta—. ¿Y tu trabajo está bien? ¿Cuándo puedes enviarnos algo de dinero? Aquí se gasta con los niños. Ellos están bien, y Zaida los cuida mucho. Va a dejar a Elías a la escuela y nos quedamos después con Mussi y Joseph en casa. Él ya está balbuceando y se encuentra muy bien. Todavía le doy el pecho; debo alimentarlo bien. Creo que ha subido ya como dos kilos, está bien para los meses que tiene».

Así pasó el tiempo. De vez en cuando, George le escribía y ella le respondía, aunque una carta podía demorar uno o dos meses en llegar. Así que había meses en los que no tenían noticias. Poco a poco se distanciaron, y él dejó de escribirle a Leila. Sin embargo, se puso como tarea hacerlo por lo menos dos veces al año para contarle de los progresos de su hijo Michel. De este modo tendrían noticias mutuas y también de cómo iban creciendo los niños con el cariño y el amor que les entregaban su madre y su tía Zaida.

El tiempo pasó. A los seis años, Joseph entró a la misma escuela elemental de Río Negro en la que había estado su hermano Elías y donde Mussi estudiaba también. Ahora iban ellos dos. A esa edad ya sabía leer y escribir bien. Mussi estaba en cuarto año básico; en dos años más terminaría la escuela de Río Negro y se iría a estudiar al Liceo de Osorno. Al finalizar su educación en Río Negro Joseph debía ir a un liceo.

Elías se quedó con la mamá; decía que tenía que cuidarla. Muy buen hijo era él. Trabajaba en lo que se le presentara. Se sentía el dueño de casa, con su tía Zaida y su madre. Las vacaciones eran una fiesta. Todos se juntaban para Navidad y para el cumpleaños de Elías.

Joseph estaba terminando sus estudios, y Mussi llegaba a Río Negro desde Osorno, un tramo corto, de solo 36 kilómetros. El único que faltaba era Michel, que enviaba cartas a su madre desde Argentina. Michel le escribía con más frecuencia de lo que lo hacía George. Le contaba de sus progresos en el colegio, de los amigos que tenía, de sus horarios de clases y de las salidas los domingos, a veces con su padre, a la plaza y al café.

Leila pensó que sería bueno cambiarse a la ciudad de La Unión, al norte de Osorno, pues creía que allí habría más oportunidades para sus hijos. Zaida, ya mayor, se quedó en Río Negro, en las tierras al norte de este pueblo, el lugar donde habían comprado en Chifín. Allí tenían el campito, que era poco más de una hectárea, con la antigua casa donde estaban viviendo, y un galpón. Allí se quedó, pues le gustaba su soledad; además creía que era su destino. La conocían y tenía las amistades de otros árabes en ese pueblo.

Leila decidió irse a una ciudad más grande, pero no tanto como Osorno, donde no conocía a mucha gente. En La Unión tenía una amiga que se había ido a esa ciudad, quien le decía que era muy buena para vivir y para que los chicos estudiaran. Leila sabía que esa educación era necesaria, y fundamental el aprendizaje y el conocimiento de la historia del país donde estaban viviendo.

Joseph siguió en La Unión, estudiando su educación secundaria. Posteriormente, se fue a estudiar al Politécnico de Ancud. Ya era un jovencito que se buscaba solo sus oportunidades de educación.

De vez en cuando, Leila le ponía una carta a George para contarle que sus hijos lo echaban de menos y querían que volviera. Él le respondía que le iba bien en su trabajo y que en ese momento le era imposible viajar, ya que en la hora árabe de la radio Belgrano de Buenos Aires cantaba todos los días. Era importante mantener su contrato.

Capítulo VI
Viaje de Michel Assad a Chile

Los años pasan más rápido de lo que las personas quisieran. Así transcurrió el tiempo: poco más de diez años. Antes de terminar la escuela ese año de 1923, Michel le dijo a su padre que quería ir a Chile a ver a su madre y a sus hermanos, porque los echaba de menos. Pidió su pasaporte o cédula de identidad para poder viajar. Era un jovencito de diecisiete años, pero ya era capaz de viajar solo, como le dijo a su padre.

Michel quiso terminar sus estudios secundarios en Chile. Le gustaba su colegio en la Alianza Francesa Libanesa de Argentina, pero echaba mucho de menos a su madre. Le pidió a su padre viajar, y este, «ni corto ni perezoso», le dio su permiso de inmediato. Ahora tendría la casa a su disposición.

—¿Cuándo quieres viajar? —preguntó George a su hijo.

—Voy a terminar pronto el año. Sáqueme pasaje para principios de diciembre, diez o doce, ya que finalizando noviembre, como tengo buenas notas, no pasaría a los exámenes. Así podré salir de vacaciones poco antes de esa fecha.

—Bien, ya sabes que debes ir a Mendoza y luego tomar el tren a Chile —le indicó su padre.

—Cuídate mucho, hijo. Ahora no te puedo acompañar, más adelante iré a ver a tu madre y a la familia. No podría ahora, por eso te saqué un pasaje a Mendoza. Espero que puedas viajar bien y no tengas contratiempos.

Al fin George podría traer a la «otra» a vivir con él. Antes debía guardar las apariencias, como se dice, ya que sabía que su hijo le escribía a la mamá en Chile.

—Muchos saludos le das a tus hermanos y a tu mamá. Tengo esta maleta, que es un poco más grande; arréglala con tus cosas. Esta es la que debes llevar. Aquí dejé unos regalitos que pasé a comprar para tu mamá y los chicos.

—Gracias, papá, tú siempre pensando en todo. Espero que estés bien.

—Sí, estaré bien. ¡Cuídate tú, hijo querido!

Le entregó la maleta y Michel la arregló con cuidado, poniendo todas las cosas que él consideraba importantes, además de su ropa.

Llegó el día de su viaje y su padre lo fue a dejar en el bus, donde le entregó el pasaje a Mendoza y el del tren a Chile.

El jovencito sabía que lo que su padre quería era quedarse solo, pues conocía parte de su historia en Palermo: que tenía una señora por la cual dejó a su mamá en Chile. Era como la canción chilena, que dice «dos puntas tiene el camino y en las dos alguien me aguarda».

El chico había divisado un día a su padre con una dama, a la que llevaba del brazo durante un paseo cerca de una plaza. Ese día, había salido una hora antes de la escuela con unos compañeros, con los que fue a la plaza para conversar sentados en los bancos.

Los vio de lejos, pues la figura de su padre era inconfundible para él. Ese cuento, pensó él, nunca se lo diría a su madre; no quería hacerla sufrir. Sabía también que su padre era una persona muy querida y respetada entre sus amigos del café y que tenía una buena vida social en Buenos Aires. Era difícil que él quisiera viajar ahora a Chile; lo estaba pasando bien en Argentina.

En cuanto a Leila, ya no lo esperaba. Se había dedicado permanentemente a sus hijos, los había criado y ahora estudiaban bien. Solo Elías no terminó sus estudios secundarios, pero llegó a segundo año de humanidades en el liceo de La Unión. Tenía unos amigos árabes, en Puerto Montt, que lo invitaron a recorrer el sur.

A él le gustaba el campo, así que los acompañó. Se fue a recorrer el bosque y los campos de la zona. No faltaron las invitaciones y los asados. En una de esas oportunidades, conoció a una chica que le pareció hermosa. Se enamoró de Sofía, una linda y hacendosa mujer con mucho carácter. «Tengo todo para ser feliz», decía ahora.

Volvió a La Unión para pedirle a su mamá que viajara más al sur, donde vivía Sofía, para que la conociera y concertaran el matrimonio. Se casó con todas las leyes, pues él quería un matrimonio bien constituido y arreglar una casa en Los Muermos, donde iban a vivir.

Decía que quería tener muchos hijos, y así fue: el matrimonio tuvo ocho hijos, dos hombres y seis mujeres. Todos bien educados; casi todas ellas fueron profesoras dedicadas a la enseñanza y profundamente realizadas en esta actividad tan importante para el país. El mayor de los hijos fue contador y el otro hijo se dedicó a la agricultura. Para Elías, eso era muy bueno; tenía bien a sus hijos y ellos lo respetaban.

Quiero hacer un paréntesis aquí para decir que toda esta familia en crecimiento, hijos de George y Leila, inmigrantes libaneses, estudiaron y tuvieron descendientes que aportaron al país; primero en educación y, posteriormente, como médicos, abogados, ingenieros comerciantes, ingenieros forestales, ingenieros de sonido, arquitectos, constructores, biólogos marinos. En fin, con sus profesiones y sus conocimientos, todos contribuyeron en los diversos trabajos que ellos eligieron.

Como decía, a los diecisiete años Michel llegó nuevamente a Chile, a La Unión. ¡Qué felicidad cuando llegó a la casa!

—¡*Marhaba, marhaba*! (madre querida) —saludó—. *Kaifa al hal* (¿cómo has estado?). Qué alegría volver a verte después de todos estos años en Argentina.

Ellos se comunicaban en árabe con su madre.

—*Naham, jabibi* (sí, querido) —le dice Leila—. Es una alegría muy grande para mí. No sabes cómo te hemos echado de menos.

—Sí, afortunadamente recibí tu carta en la que me contabas que te habías separado de la tía Zaida —le dice Michel—. La

Unión queda un poquito más cerca. Voy a ir a Río Negro a verla, debe estar solita ella.

—No, adoptó a un chico que vive con ella y le hace las compras —le informó Leila—. A mí no me gusta; parece un poco ladronzuelo. No sé si a ella se le habrá ocurrido guardar las cosas de oro que tenía.

—Vas a tener que ir al campo, al sur, a ver a tu hermano Elías, quien se casó. No te alcancé a contar porque eso fue hace poco tiempo atrás.

—Ahora que nuestro hermano se casó, iremos a verlo para Navidad y para su cumpleaños, que es lo mismo. Ya iremos, mamá querida. Vamos a ir todos al campo —prometió Michel, muy contento por las nuevas noticias y por estar ya en casa de su mamá en La Unión.

—¿Y Mussi? —le preguntó a su mamá.

—Él vuelve en la tarde, está trabajando; y Joseph está estudiando en el Politécnico de Ancud. Después parece que quiere seguir alguna cosa más de sus estudios; todavía no sé qué estará pasando por su cabeza. De todas maneras, viene los fines de semana. Ahí nos juntaremos todos.

Dichosa se veía Leila; lloraba de felicidad con la llegada de su hijo Michel, y a él le extrañó que aún no le preguntara por su padre. Leila veía a su hijo tan grande, tan seguro de sí mismo, tanto por haber hecho ese tremendo viaje solo como por su postura y sus consultas acerca de sus hermanos. Al fin los iba a tener juntos.

«Falta Elías, pero lo veremos para la Navidad y falta muy poco para esa fecha», pensó.

De manera que así llegó Michel a La Unión, con su maleta y los regalos para sus hermanos y para su madre. También con sus impresiones del viaje, que le contó a su mamá con todos los detalles que podía recordar; en especial el paso por la cordillera y su visión de las montañas y del camino con toda esa nieve. También mencionó que estuvieron esperando mucho rato en la aduana chilena, pues todos debían mostrar sus papeles de viaje y los pasaportes. Afortunadamente, la casa en La Unión estaba cerca de la estación de ferrocarriles, por lo que no le costó llegar con la dirección que señalaba el sobre de la última carta de su madre.

Al año siguiente, Michel continuó sus estudios secundarios en un colegio comercial, donde terminó muy bien y se graduó. Pronto pensó en ponerse a trabajar. Puso un negocio de frutas y comenzó su actividad con un pequeño préstamo que pidió al banco.

Era un buen partido en la ciudad de La Unión: un joven apuesto y con negocio propio. Le «llovían» las jovencitas. Empezó a salir con algunas y, después de algún tiempo de espera (y de cuidar a su madre, como decían todos), eligió una señorita y se casó. Esto ocurrió ya pasado el año de 1930.

Michel tuvo tres hijos de ese primer matrimonio; tres del segundo y una hija más con otra jovencita enamorada que tuvo cuando estaba casado por segunda vez. Un poquito enamoradizo él también. Sus hijos, buenos chicos todos.

Del primer matrimonio, el mayor era Miguel, quien llevaba el mismo nombre, en español, de su padre. Estudió en la Escuela Normal de Valdivia, fue profesor y trabajó en una institución de esa ciudad. Se casó con Yoly, quien trabajaba como contadora del Hospital Regional de Valdivia. Lamentablemente, él fumaba mucho y falleció de manera temprana de una enfermedad pulmonar, dejando a su hijita de cuatro años de edad y a su señora.

La segunda hija de Michel, María Leila, fue profesora. El tercero, un varón llamado Pedro, fue criado por su hermano Mussi, quien estaba casado con Rosalía, y no tenían más hijos que Mariam, también adoptada, hija de una prima de Rosalía.

Pedro fue a la Universidad de Chile, estudió leyes, se recibió de abogado y ejerció como tal en Correos de Chile. Ahora, ya de edad, recuerda a su familia con nostalgia, pensando en que pudo haber ido a vivir a La Unión. No obstante, ya casado, ejerció en Santiago toda su vida laboral. Como ya se dijo, no tuvo hijos y sigue casado con una estupenda señora.

Lala —así le decían a María Leila—, la tercera hija de Michel, era profesora de básica e hizo clases en una de las escuelas de La Unión. Conoció a Jorge, un joven que trabajaba en ferrocarriles, y se casaron. Se fueron a vivir a Santiago y después compraron su casa en Maipú.

María Leila hizo cursos de perfeccionamiento en Santiago y trabajó como profesora, recibiendo premios por su desempeño.

Por desgracia, Corina, la primera esposa de Michel, falleció de tuberculosis, enfermedad muy vigente entonces y con alta incidencia durante los primeros cincuenta años del siglo pasado. Esta dolencia era muy común y, cuando se infectaban del bacilo, era muy difícil que salieran con vida. La llevaron al hospital y allí terminó su vida. En ese momento, en que era difícil criar al pequeño Pedro sin el cuidado de una madre, fue que Michel se lo dejó a Mussi para que terminara de criarlo.

El segundo matrimonio de Michel fue importante, pues se casó con Ana Luisa Lopetegui, proveniente de una antigua familia de La Unión. Con ella tuvo otros tres hijos. El mayor, José Luigi, estudió para profesor en la Escuela Normal de Valdivia. Luego vino Carmencha, operadora telefónica; y la última hija, Cecilia Assad Lopetegui, dedicada a actividades artísticas y sociales en La Unión. Ha ganado muchos concursos de tango y de cueca junto a su marido. Tienen un único hijo, llamado Miguel Ángel.

Al parecer, a Michel le gustaba frecuentar a otras vecinas de la ciudad. Así conoció a Miguelina, con quien tuvo otra hija, que tiene la misma edad que la hija menor de Ana. Ella se fue a vivir a otra ciudad del sur de Chile. Esas son las cosas de la vida, quizá a Michel le gustó el nombre de Miguelina porque era el femenino de su nombre, y tal vez ese fue el motivo para que se sintiera impulsado a sus relaciones con ella.

Lo cierto es que parece que para los hombres la fidelidad no está en el primer lugar de sus atenciones. Esas son las conclusiones que yo saco personalmente, pues pocos varones conozco que sean por completo fieles a sus parejas o esposas. Así son las cosas en estos tiempos y pareciera que en todos.

Capítulo VII
Mussi Assad forma familia

Mussi Assad, el tercer hijo de Leila, al igual que sus hermanos era una persona de buenos modales, bien educado y trabajador. Luego, nada menos que la señora donde trabajaba, un negocio de abarrotes que vendía al por mayor y al detalle, se fijó en él.

Aunque también era joven, ella era mayor que él; pero tal vez pensó que no se notaba mucho. Lo veía siempre tan cariñoso y de buen trato con todas las personas, que comenzó a darle más atribuciones en el negocio. Bueno, pronto comenzaron a salir, a conversar sus cosas más íntimas de sus vidas... y se casaron.

Ella había adoptado a una pequeña, una sobrina, hija de una prima, que pasó a ser la hija de Rosalía y de Mussi después del matrimonio. La criaron con muchas regalías; nada le faltaba. Cuando creció, era la señorita Mariam, la señorita de la casa.

En el hogar de Mussi y Rosalía tenían, para el negocio de abarrotes, empleadas mujeres, entre las que estaban Nena y Manina, además de Elvira, que era la que mandaba en la cocina. De modo que vivían nada menos que cinco mujeres con el tío Mussi —como le llamaban—, para atenderlo a él, a su pequeño sobrino Pedrito, a Rosalía y a Mariam, la señorita de la casa.

Para Mussi, Pedrito era su hijo; así lo quería y le pagó sus estudios. Aunque las escuelas y el liceo eran gratuitos, había que tener dinero para comprar cuadernos y libros. En la universidad, además debía cancelar una matrícula anual y comprar algunos libros, que eran muy caros. Sin embargo, Pedro iba siempre a la biblioteca a sacar libros, por lo que compró solo algunos.

Hombre bueno, no sabemos si alguna vez Mussi engañó o fue infiel a su esposa. Él se cuidaba mucho de no caer en estas faltas, ya que era una autoridad en La Unión. Pertenecía al cuerpo de bomberos, a la Cruz Roja y a instituciones donde podía colaborar. También era presidente de la Asociación de Árbitros de La Unión.

Sabía lo importante que eran los deportes, así que colaboraba con ellos. Pero lo hacía hasta donde podía, pues no eran tantos los recursos: pagaba la pensión de Pedrito en Santiago, mantenía esa tremenda casa y a todas las empleadas. Pedro estuvo cinco años en Santiago y logró terminar su carrera de abogado. Con eso, Mussi ya no tuvo ese gasto.

De las empleadas, Manina y Elvirita vivían en la casa, donde tenían una pieza. Se levantaban muy temprano. Elvira iba a la cocina y Manina hacía las compras de lo que faltaba en casa. Iba a la feria y compraba verduras e incluso medias o ropa cuando se lo encargaban.

La señorita Mariam creció; de una linda niña se convirtió en una señorita un poco entrada en carnes. Católica hasta los huesos, era infaltable en la misa los domingos y, si podía, también algunos días de la semana. Se hizo catequista, enseñaba a los niños para la primera comunión y, después, a los adultos mayores, a quienes les daba clases de religión. Vivía pendiente de sus amistades, tanto de la iglesia como de quienes se acercaban con el fin de pedirle alguna cosa del negocio, porque la sabían dadivosa.

Alguna vez, su papá y su mamá tuvieron que decirle que las cosas no se regalaban, pues a ellos les costaba adquirirlas y mantener el negocio. Le recordaron que pagaban sueldo a tres empleadas. Ese día les hizo una pataleta y Rosalía le dio una cachetada. Después de eso, entendió y se abstuvo de entrar al negocio. La gente iba a preguntar si estaba la señorita Mariam y se les decía que estaba muy ocupada y no los podía atender. Así se acabó un poco lo de regalar quintales de harina, trigo o aceite a la gente que le venía a pedir inventando cualquier cuento.

Nenita no vivía con ellos. Llegaba a las nueve de la mañana, cuando abrían el negocio, que funcionaba de nueve a una de la tarde, y luego de tres a siete de la tarde. Todos almorzaban en la casa, excepto Nenita, que se iba a su casa a cuidar a su madre durante esas dos horas antes de regresar al trabajo.

Tenían una mesa en la cocina donde almorzaban la mayor parte del tiempo. Una cocina calentita, con la estufa a leña que usaban para cocinar. Elvirita pasaba al lado cuidando sus ollas. Solo cuando venían visitas o los hermanos almorzaban en el comedor, en la gran mesa redonda. Esto ocurría en especial durante las vacaciones, cuando Pedrito volvía de Santiago. Entonces almorzaban con la tía Rosalía, su hija Mariam y Leila, la mamá de Mussi, que se había ido a vivir a esta casa después de que él se casó.

Leila ya no quiso vivir sola en La Unión, y Mussi la invitó a que se fuera a vivir con ellos. Se trasladó con sus cosas a aquella casa, pensando que su buen hijo ya debía cuidarla, como ella los había cuidado a ellos. Ya le faltaba poco para cumplir los cincuenta años. Llevó sus baúles y sus cosas traídas de Beirut. A veces sacaba y usaba sus hermosos manteles, algunos de los cuales regaló a Rosalía. Los domingos iban a misa las tres, muy católicas todas, especialmente Mariam.

Ella no estudió absolutamente nada. Salió de la escuela primaria y, si no me equivoco, solo llegó hasta primer o segundo año del liceo; después se quedó en la casa. Eso le reprochaba Leila a Rosalía.

—Debes hacer que esa niña estudie y se esfuerce, ya que con solo saber escribir y leer de las preparatorias no sirve de nada —le decía a su nuera.

De nada sirvieron los consejos de Leila a Rosalía. Mariam no se esforzaba en nada. Era buena para comer y engordó un poco. Su madre, muy gordita también, mostraba la buena mesa y lo bien servidas que estaban. En las tardes, se dedicaban a tejer. Leila tejía en hilo y con crochet unas carpetas preciosas; Rosalía tejía chalecos y ropa de lana con palillos.

Todo iba bien en la casa; ya se habían acostumbrado a estar las tres. Se sentaban en la cocina calentita y tomaban té después del almuerzo. A las tres de la tarde debían abrir de nuevo las puertas del negocio y trabajaban hasta las siete. Leila seguía tejiendo y conversando con Elvirita, que no se despegaba de su cocina. Día por medio, hacía el pan, que debía dejar reposar antes de hornearlo.

Capítulo VIII
Joseph Assad, el hijo constructor y sus matrimonios

El cuarto hijo, Joseph Assad, el más pequeño de Leila, finalmente estudió construcción civil y trabajó en varias firmas constructoras. Era muy responsable y trabajador también. Se casó con Catalina López, con quien tuvo tres hijos. El primero, de nombre Ricardo, falleció de un empacho, como se decía en esos tiempos, cuando los chicos se atiborraban de algún alimento que les gustaba mucho. En este caso fue el maqui u otro fruto del bosque cercano, donde salían a caminar en La Unión. Llegó enfermo a casa, lo llevaron al hospital, pero ya estaba muy mal y murió allí.

Los otros dos hijos que tuvo Catalina fueron Jorge y José Simón, dos chicos alborotadores cuando niños. Jugaban a las bochas y a los tres hoyitos en la calle frente a su casa. También tenían una pelota de trapo que les había hecho su mamá, con la que lo pasaban muy bien. Simón era todavía casi una guagua a los tres años.

Joseph trabajaba en La Unión, donde construyó la población de Ferrocarriles de esa ciudad, llamada Francisco de Aguirre. En el año 2021 se celebraron los setenta y cinco años de esa población, que aún se mantiene en pie, habiendo resistido terremotos, lluvias y los grandes vientos sureños.

Al poco tiempo, falleció la primera esposa de Joseph y se quedó con sus dos hijos. Pronto, por su trabajo, tuvo que trasladarse desde La Unión hasta Pitrufquén, donde se estaba construyendo el puente de ese mismo nombre. Trasladó a sus hijos al pueblo cercano de Freire, donde tomaba la pensión, y dejó a los niños en casa de una familia conocida. Eran aún pequeños: Simón de tres años y Jorge de cinco, quien al año siguiente debía empezar la escuela. Un niño muy inteligente, que iba a estudiar las preparatorias en la escuela de La Unión.

Leila pensaba que hacía tiempo no sabía nada de su hijo Joseph. «¿En qué estará?», se preguntaba. Sabía que se había ido a Pitrufquén a trabajar, tras el fallecimiento de Catalina, y que se había llevado a sus dos hijos.

Un día, Joseph llegó a la pensión después del trabajo, por la tarde.

—¡Papá, papá! ¡Encontré a la mamita! —le dijo su hijo mayor.

—¿Dónde... dónde encontraste a la mamita?

—Hoy fui a la escuela... y ¡allá estaba la mamita!

Joseph pensó en cuánto le hacía falta su madre al niño, al punto de que se hacía la ilusión de haberla encontrado. Intrigado, decidió visitar al director del establecimiento, el señor Ramón Sotomayor, a quien conocía desde hacía algún tiempo. Cuando llegó al colegio, vio pasar a una jovencita de buenas piernas, según su descripción posterior.

—Don Ramón, presénteme a esa chiquilla que tiene como profesora —le pidió al director—, esa jovencita que les hace clases al primer año.

—Ah, ella es la Chelita Mora, hija de un profesor de castellano de Temuco —dijo don Ramón.

—Buena familia esa y muy buena profesora normalista. Está trabajando aquí desde hace dos años. La designaron a esta escuela y en ese momento conocí a su padre. Es jovencita... ¿Qué tanto interés tiene? —preguntó riendo.

—Es que, además de ser buenamoza, mi hijo dijo que en esta escuela había encontrado a su mamita.

Ambos se quedaron conversando hasta que sonó la campana. Don Ramón llamó a la secretaria y le pidió que fuera a la sala de profesores a traer a la profesora Graciela Mora.

—Por favor, no la asuste —le advirtió—. Dígale que no es por algo que merezca objeciones.

Graciela llegó a la dirección y se encontró con don Ramón y un caballero bien parecido. Don Ramón la presentó.

—Señorita Graciela, ¿tuvo usted antes de ayer en su clase a un niño pequeño llamado Jorge, que es el hijo de este caballero que le he presentado? —le preguntó.

—Ah, sí —respondió ella—, era un chico que parecía andar perdido. Lo llevé a la sala y estuvo sentado a mi lado mientras les enseñaba caligrafía a los niños. Estuvo casi toda la mañana en las clases y se fue al mediodía a su casa.

—Era mi hijo —dijo Joseph—. Gracias, señorita Graciela, pues él se llevó una muy buena impresión de usted. Creo que podríamos conversar más adelante.

—Ya, don Ramón, gracias—. Debo irme a la sala, pues van a tocar la campana. Hasta pronto, señorita Graciela.

Así se dieron las cosas. Joseph comenzó a invitar a Graciela a salir. Iban a Pitrufquén a pie, atravesando el puente en construcción, y pronto se hicieron muy amigos. Compraban cerezas en conserva y se iban a la plaza a comérselas. Luego devolvían el frasco a la señora de las conservas. Solo podían salir los viernes, ya que en la semana trabajaban. Los sábados, Graciela se iba a Temuco a la casa de sus padres. Salía a mediodía en el tren y llegaba justo a la hora del almuerzo.

—Chelita, quiero acompañarte a tu casa en Temuco la próxima semana —le dijo Joseph un viernes.

—¿Para qué quieres ir para allá? Mi padre es muy estricto conmigo, mejor que ni sepa que eres mi amigo.

—No, Chelita, quiero ir a pedir tu mano, pues quiero casarme contigo. Tú viste a ese chico el otro día; es mi hijo, ya lo sabes. Tengo otro hijo. Fui casado y mi esposa murió en La Unión hace ya un año. No quiero andar así, en pensiones; quiero tener una esposa y una casa donde llegar.

»Pronto terminaremos esta obra, quizá en un año más y, seguramente, la firma tiene otros proyectos a los que puedo optar. Como constructor, puedo hacer nuestra casa en el lugar que elijamos para vivir. Por eso quiero ir a Temuco.

Chelita casi no pudo dormir esa noche. Tenía otro pretendiente con el que salía: un profesor que muchas veces tomaba un poco y otras mucho. Eso no le agradaba a Graciela, pero era el pretendiente que había conocido su papá, quien era originario de Padre Las Casas, cercano a Temuco. Debía decirle a Julián que ya no estaba interesada en seguir con su amistad, en ese pololeo de jóvenes, como se dice ahora.

«Qué difícil se está poniendo todo», pensaba ella, mientras el tiempo pasaba.

Al siguiente viernes, Joseph pasó para dejarla en su pensión, en Freire.

—Mañana te pasaré a buscar para tomar el tren a Temuco antes del mediodía —le informó—. Tú irás a casa de tus padres, y yo iré después de almorzar para que no crean que soy un fresco y que me quedaré a comer. En eso quedamos.

Chelita, muy nerviosa, pasó otra noche sin dormir. ¿Qué le diría a su padre? Sabía que debía contarle antes sobre su nuevo amigo. Llegaron a Temuco. Joseph la dejó en la casa de sus padres y se fue rápidamente a almorzar al centro.

Chelita saludó a sus hermanos, a su madre putativa y a Mercedes, la empleada de la casa. Mientras pensaba en cómo hablar con su padre, tenía un montón de ideas en la cabeza. Finalmente, se armó de valor.

—Papá, he conocido a una persona en la escuela. Me lo presentó el director, don Ramón, y somos amigos desde hace unas semanas. Él probablemente vendrá en la tarde porque quiere conversar con usted.

—Bien, pero ¿de qué quiere conversar conmigo ese joven? Primero, yo no lo conozco, y no creo que usted, hija, deba cambiar de amigos cada semana. Julián es un buen partido, y pensé

que le gustaba para que hagan una pareja matrimonial a futuro.
¡Debe estar bien convencida de qué es lo que quiere, pues!

—Sí, papá —le dijo ella con un poco de miedo—. Va a venir a conocerlo.

—¡Yo no deseo conocerlo!

—¡Pero papá! Él es una buena persona. Además, es constructor civil y buena gente. ¡Me lo presentó el mismo director de la escuela!

—¡Veremos! —le dijo su padre mientras salía de la cocina, donde estaba reunida la familia.

—Ahh, Chelita —le dijo su hermano Manuel—, debes dejar que el papá lo conozca, no más. Tú eres la que debe elegir a tu futuro esposo.

—Sí —añadió Ernita—, yo no le haría caso a papá; es muy enojón.

—Hija —le dijo la madre putativa—, Víctor tiene su genio, pero es una buena persona. Así que preséntale a tu amigo y listo. Voy a ir a ver cómo está el *living* para hacerlo pasar allí, ya que Mercedes no le pasa el paño todos los días a los muebles, pues tenemos pocas visitas.

—Yo voy, mamá —le dijo Chelita—, no se preocupe. Acompañe al papá, que debe haber ido a dormir su pequeña siesta de la tarde. Así estará un poco más agradable para recibir a mi amigo Joseph.

A las cuatro de la tarde llegó Joseph, pensando que era una buena hora para no molestar a la familia. Llamó a la puerta.

—¿Usted es don Joseph? —le dijo Mercedes, enterada de todo lo acaecido a la hora de almuerzo—. Pase no más. Ahora llamaré a don Víctor. Pase usted al salón.

Joseph entró al salón, cuyos hermosos muebles tapizados de azul rey, con cojines repujados en hilos dorados, le recordaron los de su madre en casa. Mientras observaba, llegó el dueño de casa.

—Y usted, ¿qué viene a hacer aquí? —le preguntó, sin saludar.

—Muy buenas tardes, don Víctor. Vengo por un asunto muy especial, quiero que usted me entienda bien. Me presento: soy

Joseph Assad Dip y vengo a pedirle la mano de su hija Graciela. Somos amigos y quiero casarme con ella. Ya hemos hablado de esto; ella me gusta mucho y quiero que sea feliz. Nos queremos. En cuanto a mí, tengo dos hijos y soy viudo.

—¡Ah!, y quiere que ella críe a sus hijos. ¿Se da cuenta usted de lo que me está diciendo?

—Sí, soy honesto en esta petición —afirmó Joseph con serenidad—. Ella seguirá trabajando y yo criaré a mis hijos. El mayor ya va a la escuela en La Unión, y solo quedará el menor, que está en una pensión en Freire mientras terminamos el puente que estamos construyendo. Pronto iniciaremos unas obras en Valdivia, así que es probable que me traslade a esa ciudad después de terminar el puente de Pitrufquén.

—Bueno, pero ¿cuánto le falta y cuándo quiere casarse? —dijo don Víctor, ya más entregado—. Debo decirle que la Chela no sabe hacer nada; no sabe ni freír un huevo. No le pida usted hacer pan, porque no sabe. Ella se ha criado como una señorita y no sabe cocinar ni nada. Lo único que hace es ir a la escuela y enseñar a los niños a leer.

—No importa eso —le respondió Joseph—. Ya habrá gente que pueda ayudar. No me casaré para que ella me atienda; me casaré con ella porque estoy enamorado. La encuentro una mujer inteligente y, además, muy bella.

—Bueno —dijo don Víctor—, veremos. No puedo dar mi consentimiento ahora hasta que no me diga cuánto tiempo quiere esperar antes de casarse. O cuándo se casarán. Llamaré a Chelita para que escuche lo que usted me diga.

—Sí, por favor —pidió Joseph—. No hemos hablado de fecha todavía, pero quisiera casarme lo antes posible, ojalá este año, en julio. Creo que la primera semana salen de vacaciones los escolares.

—Espere, don Víctor, por favor, que ya iba saliendo del salón, dejando a Joseph hablando solo. —Dígame, ¿puedo llevar a Chelita a tomar té al centro?

—Bueno, pueden salir a tomar el té al centro, pero vuelvan temprano —concedió don Víctor, alejándose del salón—. Ella debe preparar sus clases. Mañana es otro día y debe viajar a Freire por la tarde para estar a las ocho de la mañana el lunes en su escuela. Y dígale al casamentero de don Ramón que me debe una conversación cuando venga a Temuco.

Capítulo IX
El tío Alfredo Mora, joyero

Así quedaron las cosas, a medias. Sin embargo, Graciela buscó ayuda con su tío Alfredo, el hermano de Víctor, que era todo lo contrario de él. Era un hombre simpático, divertido y siempre encontraba una solución para todo.

—Quiero que conozcas a mi tío Alfredo —le propuso Chelita a Joseph mientras caminaban hacia el centro—. Vive en Vicuña Mackenna, que no queda lejos. ¡Vamos! Sé que te va a agradar.

—Bueno, vamos a conocer a tu tío. ¿Es casado?

—Sí, con la tía Laura Lainham, una inglesa que llegó a Chile y a esta provincia —precisó ella.

—Bien, vamos, pero apuremos un poco el paso para alcanzar a tomar onces en un café del centro. Es sábado, puede que tu tío esté descansando hoy.

—No te preocupes. El tío debe estar trabajando, ya que nunca descansa. Tiene su taller en la casa.

—¿Qué hace él?

—Es joyero.

—¡Ah, mira cómo se dan las cosas! Entonces le mandaremos a hacer las argollas del matrimonio. Debemos estar preparados, y quiero que él las haga.

Al llegar a la casa del tío Alfredo, en efecto lo encontraron trabajando. Tocaron la puerta y él les abrió, saludando primero a Chelita.

—¡Hola, sobrina! ¿Qué te trae por aquí?

—Vengo a verlo, tío, y a presentarle a mi novio Joseph.

—¡Oh!, pensé que nunca ibas a presentarme a tu novio.

Alfredo estrechó la mano de Joseph y lo saludó.

—Hola, don Joseph. Bien elegida la novia, toda una profesora normalista. Pasen y siéntense un rato mientras termino este anillito que pasarán a buscar más tarde.

Sin dejar de trabajar, Alfredo les contó una anécdota.

—Les cuento que la señora que lo pasará a buscar me trajo el diente de su nietecita para que lo incrustara en un anillo de oro. Pero dejé el dientecito en alguna parte y se me perdió. Tuve que ir a la carnicería, comprar una cabeza de cordero pequeña, sacarle uno de los dientes y pulirlo para que quedara parecido al de la nietecita. Por eso me atrasé.

Joseph y Chelita no paraban de reírse con la historia. En ese momento, sonaron golpes en la puerta. Alfredo abrió y apareció una señora muy arreglada, «emperifollada», como se decía en esos tiempos.

—Hola, don Alfredo. Vengo a buscar el anillo que le mandé a hacer. Usted me dijo que viniera a esta hora.

—Sí, señora Enriqueta, ya lo tengo casi listo. Pase usted al taller. Espéreme unos minutos mientras busco una cajita.

—No se preocupe, quiero verlo y saber cómo quedó.

—Ya, entonces ¡se lo lleva puesto!

—Sí, lo llevaré para mostrárselo a mi nietecita.

Alfredo le entregó el anillo, que la señora se puso de inmediato. No paraba de elogiarlo y de darle pequeños besos al dientecito:

—Muy lindo, don Alfredo. Muchas gracias. Ahora tengo un recuerdo de mi nietecita, que, cuando crezca, se lo regalaré.

La señora Enriqueta pagó y se despidió, muy contenta. Alfredo volvió con Joseph y Chelita, quienes aún se reían con la historia del anillo.

—No se preocupen —dijo Alfredo al enterarse de la recepción que Víctor había dado a Joseph—. Yo lo ablandaré. ¡Ese Víctor no aprende nunca! Le gusta tener la última palabra. Díganme cuándo se casarán, que yo les hago las argollas de matrimonio.

Joseph, aprovechando la oportunidad, se dirigió a Chelita.

—No hemos hablado de esto, pero ahora, frente a tu tío, quiero pedir tu consentimiento para casarnos en julio, cuando estés de vacaciones de invierno. La fecha que te propongo es el ocho de julio. Hazme ese regalo —dijo sonriendo—, porque es el día de mi cumpleaños.

—¡Oh, tan pronto! —respondió Chelita con una expresión juguetona—. ¡Pero faltan solo dos meses y días para julio! Pensé que sería el próximo año.

—Sí, pues —interrumpió Alfredo—, falta muy poco, pero en un poco más de cuatro semanitas alcanzo a hacer las argollas. Así que pueden casarse nomás —añadió entre carcajadas.

—¿Cuál es el motivo de tanta risa? —intervino Laura, la esposa de Alfredo, quien apareció al escuchar la fuerte risa de los tres.

Su esposo le contó sobre el matrimonio de su sobrina.

—¡Así que se nos casa la Chelita! —exclamó Laura—. ¡Qué bien! Tendremos fiesta, entonces. Pasen al comedor a tomar un tecito. Por suerte, Alfredo fue al mercado y trajo paltas y pan. Como yo hice un queque y mermeladas, tenemos unas buenas onces.

—¡Pasen, pasen al comedor! —invitó Alfredo—. Pongo la mesa en un ratito.

Chelita le explicó a Laura cuando preparaban todo.

—No tía, vine por casualidad. Quería contarle al tío Alfredo que mi padre no recibió muy bien a Joseph esta tarde. Quise venir para presentárselos y ver qué se puede hacer. Usted sabe cómo es mi padre.

—¡Sí, pues, mijita! Lo conocemos bien. ¿Cómo está la Trini? Hace tiempo que no nos vemos. Más al verano nos juntaremos. Ahora está haciendo mucho frío aquí en Temuco para salir de casa.

Joseph, un poco callado, agradeció a Laura.

—Nos quedaremos poco tiempo para conversar un rato, porque debo devolver a Chelita a su casa. Ella debe preparar sus clases, según le dijo su padre.

Todos rieron ante la acotación.

—Chelita —intervino Alfredo—, tienes todo el día de mañana para preparar tus clases. El tren pasa como a las seis de la tarde para Freire.

—Sí, tío. No es mucho lo que tengo que preparar. Ya estoy haciendo leer a los niños y enseñando caligrafía a otros más avanzados.

—Bien —dijo Alfredo—. No hagamos esperar a Laura, que ya tiene la mesa servida. El pan está calentito, así que ¡sin vergüenza, coman nomás!

—Gracias, don Alfredo —dijo Joseph—. Usted es un buen anfitrión. Los invitaré a comer la próxima vez que venga a Temuco. ¡Puede ser ya, después de nuestro matrimonio!

—¡Nooo! —se corrigió a sí mismo—. Cuando venga a buscar las argollas. Recuerde don Alfredo que debe ser poco antes de la primera semana de julio, ya que, repito, quiero que nos casemos el ocho. Chelita estará de vacaciones de invierno por dos semanas, así podemos salir unos diez días de luna de miel.

—Ya, mis jóvenes, no se preocupen, yo hablaré con Víctor para ablandarlo un poquito —prometió—. Iremos a conversar con ellos el día miércoles, que tiene clases solo dos horas en la tarde y estará en la casa a las cinco. Le llevaremos un buen kuchen, que yo sé que le gusta, y conversaremos de tu boda, Chelita. Todavía estamos a tiempo.

—Bien, don Alfredo —asintió Joseph—, usted es una persona cálida y atenta. Muchas gracias por todo.

—Tía Laura también, muchas gracias por este queque que está muy rico, y no nos siga dando más pan calentito que los dejaremos sin pan. Yo había invitado a Chelita a tomar onces al centro, pero con esta tremenda once, ¡te llevaré luego derechito para tu casa! —le dijo a su novia, mirándola con ojos cariñosos.

Todos ríen. Se nota que lo han pasado bien.

—Ya, vamos Chelita. Perdone, tío Alfredo, ¿puedo llamarlo así?

—¡Claro que sí, sobrino! Ya nos conocemos y aquí siempre tendrá su casa. Llegue aquí no más cuando quiera venir a ver a la Chelita el fin de semana; no tenga ningún problema. Tenemos una pieza de alojados que Laura mantiene bien. Tiene una cama de plaza y media, quizá un poco chica, pero se prepara con sabanitas limpias y eso es impagable aquí en el sur. Ya sabe cómo y dónde llegar.

—Sí, muchas gracias. Ahora nos tenemos que ir, pues don Víctor estará esperando a Chelita en la puerta, me lo imagino. A lo mejor con la correa en la mano.

¡Todos rieron! Se despidieron y salieron apurados a la casa de Chelita, riendo y conversando de lo bien que lo habían pasado.

—Me encantó tu tío Alfredo —afirmó Joseph—. Todo lo contrario de tu padre.

Capítulo X
El hijo menor se casa por segunda vez

Leila, ya con dos hijos casados en La Unión, y con sus cincuenta años, pensaba siempre en qué estaría sucediendo con su hijo menor, al que no veía desde hacía mucho tiempo. Sabía que se había ido a trabajar a Pitrufquén, llevándose a los dos chicos después de que falleciera su esposa, pero hacía algunos meses que no sabía nada de él. Se preguntaba por sus nietecitos y rezaba para que todo saliera bien.

«Si no recibo noticias es que están bien —se decía—, pues las malas noticias corren más rápido que las buenas».

Mientras tanto, se dedicaba a tejer chalecos para Mariam y carpetas a crochet, que le quedaban hermosas. Un día de invierno, recibieron una llamada al teléfono que tenía Mussi en el negocio.

—¿Puede ubicar a don Mussi y a la señora Leila? —solicitó la operadora telefónica a la señorita Manina, quien atendió, pasando enseguida la llamada a Mussi.

—Nenita, vaya a llamar a la mamá, por favor. Aló, habla Mussi aquí.

—Espere un poco, le van a hablar —le indicó la operadora—. Es su hermano Joseph.

—Ya lo espero.

—¿Aló, Mussi? —preguntó Joseph.

—Sí, hermanito, ¿qué noticias buenas tienes que nos llamas a esta hora? Vamos a cerrar en una hora más.

—Por eso te llamé, para que me contestaras en el negocio. Te cuento, querido, que me voy a casar de nuevo. Debo darle la noticia a la mamá. Tú sabes lo que sentiría si no le digo eso personalmente. Pero van a tener que viajar a Temuco, porque mi novia vive acá.

—Bueno, veremos qué dice la mamá. Mamá, apúrese, aquí al teléfono está Joseph, que quiere darle una buena noticia.

Leila acudió y tomó el teléfono con emoción.

—¡Aló, Joseph! ¿Dónde estás?

—Aquí en Freire. La llamo para avisarle que me casaré para mi cumpleaños. Falta poco, usted sabe, y me gustaría que nos acompañara.

—¡Qué buena noticia, hijo querido! Mis felicitaciones, pero creo que yo no podría ir a Freire.

—No, mamá, va a ser en Temuco.

—Hijo, menos podemos ir a Temuco, están tan malos los caminos. Dicen que los puentes son una calamidad y en invierno la cuesta Lastarria está muy difícil, toda llena de barro. Cásate y después ven a verme con tu señora.

—Pero mamá, se vienen en tren con Mussi —insistió Joseph—. ¿Usted pensaba venir en la camioneta de las compras? En tren es más fácil. Los espero en la estación el siete del próximo mes y se vienen al Hotel Frontera, donde les puedo reservar dos piezas.

—No, mi querido hijo, no puedo viajar y creo que Mussi tampoco, pues el negocio necesita que él esté aquí.

—Bueno, mamá, ya debo cortarle, pues ya pasaron los diez minutos que me iban a prestar el teléfono. Gusto en saludarle, mamá querida. Ya iremos a La Unión a verlos después de que nos casemos.

Así llegó la buena noticia a La Unión de que Joseph se casaba por segunda vez. El 8 de julio de 1940, día del casamiento, no hubo fiesta. Los novios se fueron al registro civil bastante temprano, con la familia de Víctor, su esposa Trinidad; los niños, Ernita con Manuel y Mericita, de seis años; y la del tío Alfredo, con la tía Laura. También unos amigos de Joseph de la construcción del puente. Además, viajó especialmente desde Freire, con su señora, don Ramón Sotomayor, director de la escuela de hombres de esa localidad.

—¡Ah, aquí viene el casamentero! —ironizó Víctor, aludiendo a don Ramón—. Esta no se la perdonaré. Me viene a sacar a la Chelita del nido.

—Solo espero que le vaya bien a esta chiquilla —contestó el aludido—. Ella es una buena profesora y él es un buen constructor. Eso de que tenga dos niños «son pelos de la cola» en estos tiempos. Les va a ir muy bien a estos jóvenes.

Después del registro civil, Joseph los invitó a todos a almorzar a un buen comedor de esos tiempos, en el centro de la ciudad, en la calle Bulnes. En la gran mesa no faltaron los chistes del tío Alfredo, quien puso la nota de humor en el almuerzo. Los niños eran los que más gozaban, pues amaban a su tío Alfredo por lo simpático que era. En verdad, lo pasaron muy bien.

—¿Y a dónde irán los tortolitos a pasar sus vacaciones y su luna de miel? —preguntó el tío Alfredo cuando ya estaban en los postres.

—Iremos a La Unión —le contestó Joseph—, saldremos mañana. El tren al sur pasa tipo diez de la mañana. Iremos para que Chelita conozca a mi madre y a la familia, ya que no pudieron venir a Temuco; se les hacía muy difícil el viaje. Estaremos unos tres días, luego a Puerto Montt, donde nos comeremos unos marisquitos, y después a Los Muermos para ver a mi hermano mayor.

Luego del almuerzo, todos salieron contentos. Los recién casados fueron a la casa de los padres de Chelita con toda su familia.

—Ya, pues, Joseph —le dijo Víctor, una vez sentados en el *living* de la casa—, ahora usted tiene entrada a mi casa. ¡Harto que me costó!

—El tío Alfredo debe haber hecho su aporte —dijo Joseph, riéndose.

—Creo que la Trini tiene algo que decirles —continuó Víctor, dejando pasar el comentario.

—Sí, ¡Chelita, les arreglé tu pieza! —anunció la señora Trinidad—. Pusimos una cama un poquito más grande, pero de todas maneras queda bastante espacio. Es para que se queden esta noche antes de su viaje.

—¡No hace falta! —le dice Joseph—, muchas gracias, suegrita. Tengo reserva de una pieza en el Hotel Frontera de Temuco, donde nos iremos más tarde, si don Víctor nos da permiso.

Todos se rieron; hasta Víctor, que estaba de muy buen humor.

—Como queda cerca, podemos irnos caminando un poquito más tarde.

—¡Así es! —apoyó el tío Alfredo.

La señora Trinidad los invitó a tomar unas onces.

—Comida antes de que se vayan —les dijo—. Le indiqué a Mercedes que nos preparara una tortita de merengue y otros dulces. Espero que tengan un muy buen viaje al sur, Chelita.

—Gracias, mamá, ya veremos. Después vendré y les contaré cómo vamos con Joseph. Sé que será buen esposo. Tendremos ahora unas buenas vacaciones.

—Sí, suegrita —reafirmó Joseph—. No se preocupe, apenas lleguemos nuevamente a trabajar, la semana siguiente que volvamos vendremos a verlos a Temuco. No sé si podremos venir con mis niños, que ahora están en Freire. Los dejé donde unos buenos amigos, y ellos ya saben a qué vino el papá a Temuco.

—¡Por supuesto que puede venir con los niños! Me avisan y yo les arreglo las camitas. Tengo una cuna para el más chiquito. No se preocupe, don Joseph.

Capítulo XI
Viaje de recién casados

Salieron los dos, conversaron; empezaron a conocerse un poco más. Se divirtieron, eran jóvenes y bien parecidos ambos. Pasaron esa noche en Temuco, en el hotel, y al día siguiente se levantaron temprano, arreglaron sus cosas y partieron a la estación para tomar el tren que los llevaría al sur.

La Chelita no conocía nada más del sur que Freire; así que, pasada esa estación, todo era nuevo para ella. Se maravillaba de los campos, de los animales y de todo lo que lograba ver; parecía una niña chica. Joseph también estaba feliz de poderle explicar todo lo que conocía de Loncoche, Lanco y Antilhue, ramal a Valdivia, donde tenían que esperar que pasara el tren que venía del sur para continuar ellos hacia Máfil, Paillaco, Rapaco, Río Bueno y La Unión, a donde al fin llegaron.

Pasaron donde Michel, en la casa que él había comprado en la población ferroviaria, casi al lado de la estación. Todos los recibieron con afecto. La nueva pareja preguntó por los hijos pequeños de Joseph, y él les explicó que los había dejado con sus buenos amigos de Freire.

—Quiero que los dos pasemos estas vacaciones solos.

Grandes saludos con su hermano y sus hijos pequeños. La esposa de Michel los atendió muy bien. Se quedaron ahí solo ese día y, al día siguiente, fueron a ver a Leila, la suegra de la Chelita, y a la familia de Mussi. También allí hubo grandes saludos y abrazos.

Leila lloraba de la emoción de ver a su hijo menor casado con Graciela, a la que encontraba una jovencita muy linda.

Todos felices. Se quedaron tres días en casa de Mussi y salieron a conocer La Unión. Uno de esos días, Joseph los invitó a todos a comer al Club Alemán. Otro día encargaron comida árabe de una casa donde se podía pedir para un determinado número de personas. No tenían restaurante, por lo que dejaban la comida en viandas donde se lo pidieran.

Era poco el tiempo de la luna de miel y de las vacaciones de la pareja, pero bien aprovechadas. Llegó el día que tenían que irse, pues querían alcanzar a ver a la tía Zaida en Río Negro, seguir después a Puerto Montt y, de allí, a Los Muermos. Por fortuna, había un tren en donde podían viajar sin grandes costos y con sus horarios. A veces se atrasaba un poquito, pero era un buen medio de transporte que los llevaba a todos los lugares donde necesitaban ir.

Al día siguiente, llegaron a Los Muermos, donde Elías recibió a su hermano con los brazos abiertos. Sofía, también muy sonriente, los fue a esperar a la estación. Joseph les había avisado que llegarían como a las dos de la tarde.

—Atrasamos un poquito el almuerzo, hermano, para que nos acompañen.

—Les tengo lista la pieza —les dijo Sofía—. Pueden quedarse cuanto quieran. Aquí en el campo hay tanto que hacer que el tiempo se pasa ligerito. Nos levantamos un poco más de las cinco de la mañana para ir a ordeñar las vacas. Sale leche calentita para el desayuno. Los niños se levantan como a las seis. Los mayores ya van a la escuela.

—Sí, cuñadita, así es —asintió Joseph—, pues hay que trabajar. Ahora nos estamos tomando unos pocos días de vacaciones. Usted sabe, debemos aprovechar estos días para visitar a la familia. Hacía varios meses que no veía a mi hermano, ¡desde la Navidad pasada!

—¡Ahí viene Elías con el asado de cordero que les hicimos! Saquen sus presas nomás. Aquí tienen papitas y el acompañamiento de unas ensaladas con lechugas de la huerta.

—¡Qué rico, mamá! —dijo Huguito, sentado en su silla un poco más alta que las demás.

—Está rica esta presa —comentó Toto, el mayor de los hermanos.

—Pásame un pedacito —le pidió Irmita, la otra hija del matrimonio.

—¡Ya, chicos, pero si hay suficiente para todos!

Siguieron almorzando y conversando. Joseph contó de su trabajo y Chelita de su escuela y de cómo se conocieron. Todos reían cuando les relataban cómo Joseph había ido a pedir la mano de Chelita a Temuco, donde su padre, don Víctor. Así llegaron las cinco de la tarde, sirviéndose el tecito con kuchen de postre.

Al día siguiente, la pareja de recién casados salió temprano a caminar por el campo. Vieron a los trabajadores sembrando papas y a Sofía en la huerta, sacando sus verduras con un canasto.

—Buenos días a los tortolitos, ¿cómo pasaron la noche? ¿Bien la camita que les preparé? —preguntó Sofía.

—Sí, muy bien. Hasta fragante estaba. Muchas gracias, cuñadita. Ya mañana se nos acaba la buena vida, debemos volver a Freire, cada uno a nuestro trabajo. Mañana es día completo de viaje, así que partiremos en el tren de la mañana. Parece que hay uno que sale a las siete y llega como a las diez o diez y media a Antilhue. Llegaremos como a las doce a Freire.

—Muy bien, pues entonces ¡les haré el desayuno bien tempranito! La estación está cerquita, así que no tendrán problemas.

—¡Gracias por todo, cuñada!

—No tienen nada que agradecer. Aquí están en su casa. Vengan nomás. Elías fue a buscar otro corderito, así tendremos asado de despedida en la tarde. Ahora vamos a tomar desayuno; y yo prepararé la cazuela para el almuerzo.

Así fueron las estupendas vacaciones de Graciela y Joseph en esos años del invierno de 1940, en particular la visita a su madre Leila y a sus hermanos en el sur. Chelita quedó impresionada con todo lo que había conocido en ese viaje y con la familia de

Joseph, tan cariñosa y muy diferente a su padre. Esta familia, que ahora conocía y que los había acogido de una manera muy abierta en sus casas, era totalmente diferente a la familia donde ella se había criado.

Le encantaron el campo de Elías y los niños, que eran hacendosos como su madre. Todos ayudaban en la casa. El jueves cuando llegaron la casa estaba silenciosa porque los niños iban a la escuela, pero ya el viernes en la tarde se llenó de ruidos y risas de los chicos. Ni qué decir del sábado, en el que Chelita parecía una niña más cuando se puso a jugar con las chicas, Irmita, Faride e Írica, la pequeña de cinco años.

Joseph y Elías se fueron a conversar al centro del pueblo con otros paisanos. Conversaban de su madre sola y de cómo los había criado a todos. Pensaban que iban a tener que ir algún día a buscar a su padre a Argentina para, por lo menos, verlo y saber qué lo ataba tanto a ese país y que no lo traía aquí con sus hijos y su señora legítima. Joseph le comentó a Elías que Michel era el único que sabía qué lo retenía tanto en Argentina, aparte de cantar en la radio Belgrano de Buenos Aires.

—Michel me contó —añadió Joseph— sobre algunas andanzas de nuestro padre y de algunos paseos a los que él lo acompañaba. Me dijo también que tenía muchos amigos, así como tú, pues.

—Bueno, sí somos amistosos los Assad —le respondió Elías—. Acuérdate de nuestro abuelo, allá en Beirut. De niño, recuerdo las tremendas fiestas y los amigos que llegaban a la casa. ¡Tú no nacías aún, *jabib*!

—Acuérdate de lo que te he dicho —reiteró Joseph—, vamos a tener que escribirle y decirle que se venga a Chile en algún momento. Creo que le tendremos que dar ese trabajo a Michel, que estuvo con él en Argentina y conoce bien dónde vive. Convérsalo con él, querido hermano.

Así las cosas, después del café y de las conversaciones en árabe con los amigos del pueblo de Los Muermos, volvieron a casa. Ya Sofía debía tener la cazuelita lista.

—Como se van mañana —les anunció Sofía—, para la comida tengo un corderito que vamos a asar y que quedará *munta-az* (¡estupendo, excelente!).

Joseph se quedó pensando en lo que le había dicho su hermano Elías sobre traer al papá para que acompañara algunos años a su madre aquí en Chile. Decidió que, en cuanto trajera al pequeño Jorge a la escuela de La Unión, al primer año, iba a hablar con Michel. Incluso pensó en ir con él a Argentina para traer al padre a Chile.

Sin embargo, las cosas no se le darían tan fáciles. Tenían que terminar las obras en Pitrufquén y, con todos los gastos de las vacaciones y del matrimonio, se había quedado con poco dinero en esos días. Sin embargo, eso no lo limitaba tanto como saber que su tía Zaida no estaba muy bien y que su casa parecía un galpón, no una casa. Debía también ayudarla a construir y supervisar al niño que la ayudaba, que le tenía el patio lleno de hoyos. Había que comprar materiales para arreglar esa casa, que se había ido deteriorando con las lluvias y el mal tiempo del sur.

Capítulo XII
Visita de Joseph a su tía Zaida

Terminaron sus días de vacaciones y su luna de miel. Arrendaron en Freire una gran casa frente a la plaza de la ciudad, cerca de la escuela, y continuaron cada cual con su trabajo.

Terminó el año. Chelita se fue a Temuco, ya que tenía más vacaciones que Joseph, quien iba los fines de semana a la casa del tío Alfredo. Cuando terminaran el puente, le iba a decir a Chelita que iría al sur a ver a su tía Zaida para ayudarla con la casa. También para saber del muchachito que la ayudaba y cuáles eran sus intenciones al hacer tantos hoyos en el patio. Igualmente, conversar con Michel sobre el viaje a Argentina a buscar a su padre.

Esas eran las preocupaciones que ahora tenía Joseph, pero no le importaba, pues sabía que él podía hacer las cosas y concretarlas. En marzo comenzaron las clases y Joseph le dice a Chelita que irá a La Unión para llevar al pequeño Jorge a donde sus tías, las hermanas de Catalina, su primera esposa, para que empiece a estudiar en la escuela primaria. Simón se queda en la casa con su nueva mamá.

Cuando llega a La Unión, recuerda que debe hablar con su hermano para ver la posibilidad de que él viaje a Argentina a buscar al papá. Michel le dice que todavía no puede, pero que juntará plata y el próximo año de todas maneras lo irá a buscar. Le parece muy buena idea la de Elías.

Después de unos días de estar visitando a sus hermanos, les cuenta que irá donde su tía Zaida para ver el estado de la casa y arreglarla.

—Bien, hermano —le dicen—, vale la pena que la ayudes. Al igual que mamá, ya está envejeciendo y no puede hacer tantas cosas, como contratar maestros para el arreglo de su casa.

—Muy bien pensado —le dice Mussi—. Yo te colaboraré con algunos pesitos para comprar materiales. ¿Cuándo piensas venir de nuevo?

—Hermano, puede ser en las vacaciones, al terminar el año. Ahora iré a ver a tía Zaida y luego vuelvo a Freire, porque la Chelita me está esperando.

La tía Zaida se alegró mucho de que Joseph la fuera a ver. Él estuvo una tarde con ella, conversaron, conoció al chico de unos doce años y le preguntó el motivo de haber hecho tantos hoyos en el patio. El chico le contestó que él quería ver los gusanos y estudiarlos, pues en la escuela le habían pedido conocer los animalitos del suelo.

—Tío, ¿sabe que hay hartos diferentes? Además de distintos tipos de gusanos, están los chanchitos de tierra y también hay camarones enterrados en unos hoyos. Se pueden sacar y son ricos.

«Ahí estaba la explicación», se dijo Joseph.

Zaida mandó al niño a comprar un poco de pan y mantequilla para darle un té a José con las cecinas que él le había traído desde La Unión y frutas que le envió Michel. Tras conversar un rato, Joseph le pregunta a Zaida si el chico decía la verdad.

—Bueno, no lo sé —respondió ella—. Tampoco sé si descubrió que yo guardé mis joyas enterradas allí, cerca de la entrada de la cocina. Las debe estar buscando, pues en una oportunidad las vio en mi pieza.

—Yo había salido y en la tarde encontré mi pieza más desordenada de lo que yo la tengo —sonrió—. Ahora él no sabe dónde las dejé. Alguna vez, Leila me dijo que tuviera cuidado con el chico, pero no le hice caso. A veces se me desaparecen cosas. ¡Bueno, es un niño! Yo le perdono eso, además me ayuda a picar los troncos para el fuego, se levanta temprano para ir a la escuela y me hace las compras cuando vuelve.

Joseph sale al patio a ver cómo puede ayudar a restaurar la casa. Ve un alero en la puerta y, como a ocho metros de la casa, un baño afuera; una casita de madera con una puerta que se abría con una aldaba que daba vueltas y trancaba por fuera con la pared lateral del baño.

Al entrar, tenía un cordelito que daba vueltas en un clavo para cerrar la puerta. Había, para sentarse, un cajón de madera con un hoyo redondo al medio y, al borde de la pared, otro clavo grande donde estaban ensartados una serie de papeles de cuadernos, diarios y envoltorios, como sustitutos de papel de baño. Por supuesto que no era nada higiénico. Era una fosa grande donde caían los líquidos y sólidos expulsados por quienes usaban el baño. El olor de la fosa tampoco era nada aromático.

—Pero tía —le dice Joseph—, ¿usted tiene que salir al baño de afuera? ¿Qué pasó con la pieza que había aquí?

—Es que se rompió la taza. Ahora queda solo el lavadero y vino un maestro, hizo un hoyo y me construyó esa caseta afuera para que vaya a mis necesidades.

—No, tía, pues eso no puede seguir así. Mañana lunes vendré con una taza de váter, la colocaremos y, además, arreglaremos el baño para mientras. En diciembre vendré a arreglar la casa para que pueda vivir mejor. Debo comprar varios materiales. También veremos las canaletas y la red del agua.

—¡Gracias, querido sobrino!

Se despiden y Joseph se va de regreso a La Unión donde su hermano, a quien le cuenta las condiciones de la tía Zaida.

—Bueno, mañana te acompaño a la ferretería —le dice Michel—. Abren a las nueve de la mañana. Yo abriré más tarde la frutería.

—Te ayudo a llevar tu paquete a la estación. Vas a ir pesado —se ríe.

—Gracias, Michel. Nos levantaremos temprano. Por suerte hay un bus que sale también del terminal y me deja a la pasada de Chifin, aunque el camino debe estar harto malo. Lo único es que demoramos en Osorno, pero no es tanto, son quince minutos. Ahí en el terminal hay chicos que pueden dejarte las cosas en el bus.

—Sí, no tengo problemas. ¿O no crees en mis músculos? —ríen los dos.

—Mañana me iré directamente a Freire —dice Joseph—. Voy a tomar el tren de la tarde en Río Negro, o me quedo a dormir en Río Negro y parto en la mañana en el que viene del sur. Espero alcanzar a dejarle su baño arreglado, porque el que tiene es una cochinada.

El lunes compra un bolso para las cosas pequeñas que debía llevar. Para llevar la taza del váter, con su tapa y estanque, piensa que en la terminal de buses siempre hay jovencitos que están sin trabajo y que, por una buena propina, pueden ayudarlo.

Llega donde Zaida con las cosas, va y vuelve trayendo todo. Arregla el baño y, en la tarde, ya casi anocheciendo, se despide. Le promete que volverá para el arreglo de la casa en unos meses más.

Muy agradecida estaba Zaida de esta ayuda inesperada de Joseph; ya no tendría que salir afuera en el invierno a hacer sus necesidades.

—*¡Jabib, shukran, shukran!* (¡Querido, gracias, gracias!) —le decía al despedirlo, besándolo y abrazándolo.

Capítulo XIII
Hijos de Joseph.
Conversación sobre el viaje para buscar a su padre en Argentina

A los dos años de casados, en el mes de diciembre, nace en Temuco la primera hija de la pareja.

—¡Chancleta! —dijo Joseph cuando la fue a ver a la clínica.

—¡Nunca más te voy a dar una chancleta! —le respondió Chelita.

En verdad, fue tanta la fuerza con que lo dijo que los tres hijos siguientes fueron varones.

Al año y medio siguiente, nace el otro hijo de Chelita, en agosto del año 1944. Pronto queda otra vez esperando familia y nace el tercer hijo en 1945.

Pasó el tiempo, casi dos años, y llegaron las vacaciones. Joseph le recuerda por teléfono a Michel que habían quedado en ir a buscar al papá en Argentina. Le avisa a Chelita que irá a La Unión, y que, si ella quiere quedarse en Freire con los niños, pequeños aún, o si desea ir también a La Unión y traer a Jorgito. Chelita le dice que vaya solo, pues se acordó de que, bastante tiempo atrás, le había dicho que iba a arreglar la casa de la tía Zaida.

Parte Joseph donde Zaida, a Río Negro primero. Le deja la casa por lo menos con buen techo y pone las latas que faltaban, pues con el viento muchas veces se vuelan. Lleva pintura y contrata otro maestro para esto, ya que quería alegrar la vida de la tía con una casa colorida. Fue a hacer las compras a Osorno, ciudad cercana, donde tenían mejores precios que en Río Negro.

Después de la semana y los días que le tomó el arreglo, se despide de su tía pensando en que ojalá el chico que tiene de mozo no haya encontrado sus joyas. No quiso preguntarle de esas cosas que eran tan personales. La despedida fue también llena de agradecimientos por parte de la tía y del niño, que también había recibido un chocolate de Joseph.

Se va donde Michel y lo encuentra en la frutería. Llega, saca una manzana y la empieza a pelar.

—¿Quién sacó una manzana de aquí? —dice Michel, quien estaba atendiendo a su clientela y no se había dado cuenta de que su hermano había llegado—. Tenía una arriba en un arreglo de pirámide.

Joseph se largó a reír fuerte y Michel lo miró, abalanzándose a darle un gran abrazo.

—¡Hermano! —exclama—. ¡Qué gusto verte! ¿De dónde vienes?

—De tu casa. Pasé a dejar la maleta y te vine a saludar. Me quedaré donde Mussi. Voy a ir «a pegarle en la pera» —un dicho muy común en esos tiempos.

—Sigue atendiendo nomás. Llegué recién, Anita me recibió y está con los niños. Chelita te envía sus saludos. Conversaremos luego, cuando cierres échate una arrancadita donde Mussi. ¡Chao, nos vemos!

Se lleva otra manzana.

—¡Después te la pago! —le dice al salir.

Vuelve a la casa de Michel, pide su maleta y le dice a su cuñada que se irá a casa de su hermano.

—No esperes a Michel en la tarde —le informa—, pues lo invité donde Mussi. Tenemos mucho que conversar.

—Como siempre nomás —le contesta Ana, un poco enojada.

Mussi ya sabía que Joseph venía a almorzar, de modo que le tenía una buena cazuela de vacuno. Elvirita había preparado un budín de verduras con papas y, de postre, cerezas al jugo. «Buen almuerzo», pensó Joseph.

Tenían dos horitas para conversar de las cosas personales y de la vuelta a Argentina para buscar al papá. Leila no sabía nada de esto. Escuchó la conversación durante el almuerzo. Se quedó pensando en cómo estaría su marido; ya no recibía más de una carta al año y algún dinero que él le enviaba de vez en cuando. Desde que volvió Michel, parece que no se había acordado más de ella. Al año siguiente de que él llegara a Chile, fue la última carta que recibió de George. Ella le escribió cuando sus hijos se casaban. Ahora no lo había hecho cuando se casó Joseph por segunda vez.

Leila se acordó que, de sus joyas, le había regalado a la esposa de Joseph una gruesa pulsera de oro, cuando llegó Chelita a La Unión por primera vez, recién casada. Sus joyas ahora estaban guardadas en la pieza que ella ocupaba en la casa de Mussi, dentro de su baúl, en el bolso repujado de cuero de camello donde las había tenido siempre. Ella usaba unas libras esterlinas de oro en sus orejas. Eran un poco pesadas, de modo que cada año se notaban más estirados los hoyitos. Esas libras le gustaban y no quería sacárselas. Sus pensamientos no tenían nada que ver con lo que hablaban sus hijos en ese momento.

El almuerzo se prolongó. Sus hijos conversaban del viaje a Argentina, de todos los detalles y precauciones que debían tomar; además de la compra de sus pasajes con anterioridad.

Joseph le habla a Mussi en árabe.

—¡Querido! (*¡jabib!*), invité a Michel después de las siete de la tarde a tu casa para que conversemos sobre el viaje para buscar a papá. Ya está bien que se aparezca. ¿Sabes que yo casi no lo recuerdo?

—¡Yo tampoco! —enfatizó Leila.

Todos ríen. Ella mueve sus manos hacia su cabeza, sonriendo también. Rosalía y Mariam se quedan fuera de la conversación en árabe que ellos tenían y se levantan de la mesa. Rosalía dice que se va a descansar.

—Vaya, mijita, no más. ¡Tiene permiso de su maridito! Y usted también, hija, que ahora tenemos una conversación de adultos y tenemos que ver asuntos importantes de la familia. Después les contaré.

Así continuaron conversando sobre ir a Argentina.

—En la tarde, cuando venga Michel, le preguntaremos cuándo puede viajar. Él me dijo que el próximo año y ya pasó el tiempo tan rápido que no nos hemos dado cuenta.

—Veo un poco complicado a Michel —comenta Mussi—, con tanto chiquillo. Pero le diremos que uno de ellos puede hacerse cargo del negocio o le decimos a la Manina que se encargue.

—Esperemos conversar con él —recomendó Joseph—. Yo debo irme luego porque tengo también a Chelita sola en Freire con los niños. Ya ando más de una semana por acá.

—¡Ahh!, la estás echando de menos —bromea Mussi.

—Sí, no te lo puedo negar. Ya llevamos casi cinco años casados. Pronto terminaremos el puente, así es que vamos a tener que migrar de Freire. Creo que me queda solo parte de este año para terminar los detalles del puente. Ya está listo, se puede usar.

Joseph se fue en la tarde a conversar con sus antiguos conocidos y con sus cuñadas de La Unión, donde estaba Jorge. Se lo llevaría de vuelta a Freire para las vacaciones. Las tías de Jorge le cuentan que le iba muy bien en la escuela y que tenía buenas notas, pero era un niño un poco retraído porque no les conversaba mucho.

Lo fueron a llamar, ya que estaba en el patio jugando con un perrito que le habían regalado para Navidad.

—Viene tu papi —le dicen.

El chico parte corriendo al *living* de la casa y abraza a su padre.

—¡Te vengo a buscar! —le dice Joseph—. Debes arreglar tu ropa, pues nos vamos a ir a dormir a casa del tío Mussi por ahora.

El niño sale corriendo para su pieza.

—Yo lo voy a ayudar —dice una de las tías.

—Va a querer llevarse a su perrito —dice la otra.

—No, no me lo aceptarán en el tren. No tenemos una cajita donde llevarlo. Bueno, se lo dejaremos aquí hasta que vuelva a clases de nuevo; le falta poco para terminar su curso de preparatoria.

En la tarde, pasadas las siete, se juntan de nuevo los hermanos. Ahora se van a conversar solos para ver los detalles del viaje.

—Joseph —le dice Michel—, yo te acompaño si es que vamos solo por pocos días, pues no puedo ausentarme mucho de mi trabajo ahora. Es mejor a fines de abril, en que no hace tanto calor en Buenos Aires.

—Sí, espero que podamos convencerlo de que vuelva a Chile. Hace tanto tiempo que no sabemos nada de él. Veamos cómo está y, de alguna manera, ahí lo convencemos para que vuelva. Le vamos a hablar de sus amigos aquí y de que cantará igual en el café y en Osorno. Recuerda que él dejó a la mamá y a la tía Zaida en Río Negro. Creo que a mí me va a reconocer, pero no a ti, Joseph, si eras una guagua cuando te dejó.

—Bueno, no nos pongamos a elucubrar lo que será —puntualizó Joseph—. Veamos cómo lo atraemos, le diremos que aquí lo echamos mucho de menos. El punto ahora es cuándo partimos. Debemos ir a Santiago, sacar pasajes del tren a Mendoza, que ahora es más rápido y más expedito que antes.

—Así es que vamos —confirmó Michel—, ojalá, a fines de abril. Tengo que dejar a alguien en el negocio. Dejaré a Anita. Los chicos ya irán a la escuela.

—Bueno, le puedo decir a Manina que te eche una mano también —le dice Mussi, que siempre trataba de arreglar las cosas.

Capítulo XIV
Viaje a Argentina en busca del padre

A mediados de abril, partieron a Argentina los dos hermanos en busca de su padre. Llegaron cansados del viaje, pero por fortuna sin ningún contratiempo y fue bueno el paso por la cordillera. Se maravillaron del trayecto porque la nieve estaba alta; no había nevado fuerte todavía. Michel le contaba a Joseph cuando de pequeño lo llevaron a ver los cedros del Líbano, que recordaba muy bien.

En la estación de buses de Buenos Aires, piden un taxi y se dirigen a Charcas, la calle donde habían vivido. Estaba todo cerrado; eran las seis de la tarde.

—Seguro está en el café —le dice Michel—. Vamos, yo sé dónde se juntaba con sus amigos. También puede estar en la radio.

Recorren a pie un poco las calles. Ya estaba oscureciendo.

—¿Qué te parece si vamos al café donde él iba normalmente y nos tomamos una buena once? —dice Joseph—. Andamos con estos bolsos.

—Bueno, vamos con los bolsos y luego vemos dónde quedarnos. Con la once nos reponemos un poco del viaje. Puede que ahí llegue papá.

Joseph, que no conocía Buenos Aires, queda maravillado con la gran ciudad, con sus edificios y su comercio. Piensa que Santiago de Chile no tiene esas características. Es más encerrado. Está la Alameda, donde pasan los carros de locomoción pública con sus líneas, que achican las calles. Hay edificios altos y también otros en construcción: el Hotel Albión, en el centro; el Hotel Carrera, casi frente a La Moneda, y el Correo Central.

—Los edificios de Santiago son bastante grandes —le comenta a Michel—, pero no como los de Buenos Aires. No es tan grande y sus calles no son tan amplias; aunque también tienen su encanto.

Cuando ya tenían más de una hora en el café, en un momento se siente un poco de revuelo en la entrada. Notan que llegan varias personas juntas y, entre ellas, Michel reconoce a George.

—Ahí viene —le dice a Joseph.

—No te levantes —le indica Joseph—, quiero saber si él te reconoce a ti.

El grupo pasa al mesón del medio, que estaba reservado. Se sientan todos y llegan los mozos a atenderlos; piden comida y el café para después.

—Buen amigo —le dice uno de ellos a George—, ¿por qué no nos cantas un tanguito de esos arrabaleros?

—Ahora no —responde George—, no está el acompañamiento. Además, debo esperar porque en cualquier momento me vienen a buscar. Mañana les prometo un tanguito y una milonga.

Michel se levanta y va a la mesa. En ese momento, George levanta los ojos, lo ve, se para y, sin decir nada, le da un tremendo abrazo a su hijo.

—¡Hijo querido! ¿Qué haces aquí? ¿Cómo estás? ¿Cómo está la familia? Te reconocí. ¿Estás solo? Únete a nosotros, somos un equipo, ¿no es cierto? —hace la pregunta a sus amigos.

—¡Claro, claro! Deja al pibe que se siente aquí —le dicen a Michel.

—Papá, ando con Joseph. Él me acompañó.

—¡Ah!, *¡Ial la!* Joseph, el pequeño que dejé allá. ¡Voy a conocer a mi hijo! Amigos míos, les presento a dos de mis hijos.

—¡Aquí los pibes! —dicen sus amigos—. Les haremos un sitio en la mesa.

—Ya bien, pero te tengo que decir, querido Michel, que luego me vendrá a buscar una amiga. Tú sabes, a estas alturas de mi vida tengo que tener alguna compañía.

—Bueno, papá. Entonces iremos a una pensión a dejar nuestros bolsos. Pero tenemos que conversar seriamente —dicen los hermanos.

—Bueno, hijos. Mañana en la mañana voy a estar bien despejado y podemos conversar. Los invito a almorzar aquí mismo, que ya me conocen, a las doce y media.

Se quedan un rato compartiendo con los amigos de George y con su padre, que estaba de muy buen humor. Les sirven también una comida y el cafecito esperado. A ellos, que ya habían tomado unas onces con un tecito, ahora la comida no les venía mal. Se aseguraron así de no tener que llegar a comer a la pensión donde se alojarían, y en la que solo dormirían una o dos noches.

Estuvieron en el café hasta que vino una dama a buscar a su padre. George se despide de sus hijos con un gran abrazo, prometiéndoles que al día siguiente estarán juntos y conversarán sobre la familia.

Al día siguiente, a las doce, Joseph y Michel van al mismo café-restaurante a esperar a su padre.

—Le tenemos que decir que es perentorio que se vaya con nosotros —comentan entre ellos—. Sabemos lo que nos va a decir, que no puede, pero debemos llevarlo de alguna manera. Saquemos el pasaje para él también de vuelta.

George llega casi junto con ellos, piden una mesa y se sientan a conversar.

—¿Qué se van a servir? —les pregunta—. Veamos qué tienen primero. Aquí la comida del día es muy buena, pero también pueden pedir un buen trozo de asado o una carbonada, si gustan de estas ricas sopas. Bueno, ustedes eligen. Yo comeré hoy un asadito, que aquí es muy bueno y viene con todos sus aderezos; es un plato completo.

—Ya, papá, lo mismo que tú. Pidamos también un vino rojo para acompañarlo.

—Díganme ahora, ¿cómo está la mamá?

—No muy bien, papá. Puede que te esté echando de menos. Igual la tía Zaida no ha estado muy bien y quieren que vayas. Mussi te envía sus saludos y Elías dijo que, si no ibas este año para su cumpleaños, no te iba a mirar más. Hasta piensa cambiarse el apellido por el de la mamá.

—Pero hijos, si me va bien aquí, le envío algunos pesos a tu madre casi todos los meses.

—Sí, pero no conoces a todos tus nietos ni a tus nueras. Ya todos tenemos familia y queremos que los conozcas.

Con ese argumento, se fue convenciendo de que era necesario que regresara a Chile. Les trajeron sus asados y gozaron de esta exquisita carne argentina, acompañada con un buen vino. Después les trajeron el café. Ya eran más de las dos de la tarde y continuaron con otro café.

—Bien, partimos entonces. Arregla tus cosas, papá. Te damos tres días para que puedas hacer tu maleta y despedirte de tu amiga, que suponemos es solo amiga.

—Sí, hijos, es una buena amiga, con ventaja. Tú sabes que uno no puede estar solo aquí. Me piden de todos lados que vaya a cantarles. Tengo buenos amigos. Nos juntamos tres o cuatro veces a la semana, como ayer en este café y restaurante.

—Vengan mañana a la casa a dormir para que no les salga tan caro estar aquí. Yo arreglaré las cosas y dejaré todo cerrado. Le diré a Matilda que se encargue luego de la casa cuando nos vayamos a Chile. Ella es limpia como tu madre.

Ya lo habían conseguido. En tres días partirían. Sacaron los pasajes tanto en bus como en tren para los tres. Había nevado hacía poco, así que la pasada por la cordillera se retrasó porque estaban limpiando las estaciones. La laguna del Inca se veía hermosa y los cerros del lugar, el Tres Hermanos, el Aconcagua y otros, se veían majestuosos.

De nuevo, George miraba extasiado todo el paso, recordando a su querido Líbano y a familia que había dejado en Beirut. Estaba emocionado; sus hijos lo notaron y lo abrazaron.

—Toma el pañuelo —le dice Michel—. Sé que te recuerdas del abuelo y de la abuela. Eran tan cariñosos.

—Yo no los conocí —dice Joseph— y tampoco te conocía a ti, papá, pero veo que eres sensible ahora. No sé por qué dejaste tanto tiempo a mamá solita.

Ya en Santiago, tomaron el tren en la tarde y llegaron al día siguiente a La Unión. Tampoco George conocía la casa de Mussi, donde vivía ahora Leila. Iba totalmente desorientado. Cuando llegan, se bajan en la estación, caminan un poco y llegan a la casa de Michel.

—Aquí vivo yo, papá —le dice mientras saca su llave y entra.

Anita estaba en el negocio, así que la casa estaba sola. Dejan parte del equipaje de Joseph y de Michel, quien, agotado, se queda en su casa. Parten padre e hijo donde Mussi. Los estaban todos esperando con una gran recepción: sus nietos, personas que él desconocía por completo, pero que le demostraban cariño. Los hicieron descansar a los dos un buen rato, pues la noche en el tren había sido un poco agotadora. Ya era casi mediodía cuando llegaron.

Leila lo recibió con un abrazo. Él le tomó la cara y le dio un beso.

—Bueno, ya estamos aquí juntos otra vez —le dice—, después de tantos años. No debemos pelearnos, ya que somos de mucha edad y las cosas que pasaron, ya pasaron. Tus hijos son buenos hijos, los veo. Debes estar agradecida de ellos.

Leila contuvo la emoción y trató de no llorar, pero sus ojos la delataron con lágrimas que brotaban desde el fondo de su alma despechada. Tomó otra vez su mano y lo abrazó fuerte. Lo subió a la pieza, lo dejó allí y bajó a la cocina. Joseph se quedó en el diván de la cocina con Rosalía y, ahora, Leila. Los nietos se fueron a sus casas. Pedrito se fue a ayudar al negocio.

—Luego estará el almuerzo —dijo Elvirita—. Ya lo tengo casi listo.

Había hecho una gran olla de sopa de pollo con fideos y, de segundo, dos grandes pollos arvejados, como se hace en Chile. Eran de las aves que ellos mismos tenían en su gallinero y que criaban para la casa. Mussi fue al negocio con Manina, que no se perdió la llegada de Joseph y George. Habían quedado La Nenita y Mariam solas en el negocio.

Las cosas estaban bien, todo normalizado. El papá en casa. Festejos para él. Joseph saca sus pasajes para irse a Freire en dos días más. Salen con George a caminar, conversar. En los negocios cercanos a la plaza encuentran a algunos de sus antiguos amigos de La Unión.

Después de los saludos y del cafecito de la mañana, llegan a ver a Michel a la frutería. Joseph le cuenta que ya sacó sus pasajes de vuelta a Freire y comenta a su padre que él está viviendo en esa localidad al sur de Temuco. Hablan de su familia y de que quiere que vaya a conocerla o, más adelante, él la traerá a La Unión para que lo vean.

Capítulo XV
La familia de Joseph se va a vivir a Valdivia. Fallece George Assad

Al año siguiente, a finales de año, toda la familia de Joseph se trasladó a Valdivia, ya que le había salido un trabajo como constructor en esa ciudad. Debían construir la población de empleados públicos en el regional, luego la de empleados particulares y, después, otra población al frente de estas dos, con unas casas un poco más pequeñas. Todas estas construcciones tenían plazos de dos años cada una para ser terminadas.

Joseph ya había concretado uno de sus anhelos: casarse con Chelita lo había hecho feliz. Ahora debía preocuparse de su nueva hija, de Simón y de sus otros dos niños. Ya en Valdivia, con un buen trabajo, podía solventar sus gastos. Además, Chelita era muy económica y también tenía su sueldo de profesora, que, aunque no muy alto, le ayudaba con las compras de su ropa y con la de los niños.

Graciela también estaba contenta de estar en esta bella ciudad, con un río maravilloso. Pensaba que el traslado había sido positivo. El director de su escuela anterior la había ayudado con los trámites.

—Sra. Graciela, usted ha sido una buena profesora aquí —le dijo él antes de irse—. Le deseo que le vaya bien en Valdivia. La Escuela N.º 5 es muy buena, queda en el centro de Valdivia, frente al liceo de niñas; le será fácil ubicarse. Podría ser que yo también me vaya a Valdivia en un futuro próximo.

—¡Qué bien, don Ramón! —respondió ella—. Ojalá pueda ser nuevamente mi director. Lo voy a echar de menos, sobre todo por los consejos de los lunes que nos daba a los profesores después de cantar la canción nacional.

Rieron los dos y se despidieron con un abrazo.

Ya en Valdivia, Chelita pensaba en cómo sería su directora o director. Al ser una escuela de niñas, lo más probable era que fuera una directora.

«Ojalá sea consciente de que a veces tendré que retirarme justo a la hora para ir a atender a los chicos. Todavía son muy pequeños para dejarlos solos y la señora que llega temprano a cuidarlos debe irse. La otra empleada se ocupa de la cocina y del aseo», pensaba Chelita.

Como mujer trabajadora, sabía que debía tener a alguien en casa para cuidar a los niños cuando ella estaba en la escuela.

En la calle Pérez Rosales, arrendaron una casa esquina que pertenecía a don Amador Darmac, un antiguo árabe de Valdivia conocido de Joseph, pariente tambén de la familia Yussef Darmac, también muy amigos suyos, especialmente don Amin Yussef.

Allí se radicó la familia durante dos años, mientras se construía la casa definitiva en el barrio Estación. Joseph había comprado un sitio en la calle Simpson con un caserón grande, que se demolió para construir la nueva casa.

—Tengo que viajar —le dijo Joseph a Chelita—. Por eso compré este sitio cercano a la estación. Va a quedar una linda casa, ya verás.

Chelita, ilusionada, sabía que Joseph cumpliría lo que decía. Estaban en esa etapa del matrimonio en la que conversaban mucho, hacían planes para el futuro y se iban conociendo mejor. Además, Joseph era muy conocido en Valdivia y tenía muchos amigos, en especial entre los libaneses y palestinos que habían llegado años atrás desde el Medio Oriente. Como parte de la segunda generación venida del Líbano, Joseph contaba las historias de sus padres y sus propias experiencias. Así Chelita, poco a poco, fue conociendo más sobre él y consultándole sobre sus amistades.

—Ya te los presentaré a todos —le decía Joseph—. Vamos a hacer un paseo a la SAVAL (Sociedad Agrícola y Ganadera de Valdivia) cuando mejore el tiempo y los niños puedan jugar en los columpios que hay allí. Iremos con nuestros amigos, los Yussef, que también tienen niños pequeños.

—Podremos disfrutar de un buen asado un fin de semana. Verás, Chelita, que lo pasaremos bien —afirmaba cariñosamente.

Fue un tiempo hermoso para este matrimonio y sus hijos. Los sábados o domingos, cuando el clima estaba agradable, salían a la SAVAL, a la costanera o a pasear por el parque. Cuando los padres estaban muy cansados, llevaban a los niños a la matinal en la mañana o a la matiné en la tarde para ver alguna película en la pantalla grande.

En julio les llega una noticia lamentable: deben viajar a La Unión por el fallecimiento de George. Salen Joseph, Chela y la niña; los demás se quedan en la casa. Se van al sur, en un auto, con unos amigos que conocían a George.

La noticia les llega de Mussi, que los llamó por teléfono a las seis de la tarde, después de que ya habían llegado de sus trabajos. Rápidamente, cada uno avisó a sus trabajos que al día siguiente no podrían ir debido al fallecimiento del padre de Joseph.

 Partieron. El camino hacia el sur estaba muy malo, lleno de hoyos, y bastante peligroso. Todavía no había pavimento ni asfalto, nada de eso. «Por eso era bueno el tren», quizás pensaron.

Un viaje de cincuenta minutos a una hora, desde Valdivia a La Unión actualmente, en esa oportunidad duró como tres horas. Llegaron de noche al velatorio, en casa de Mussi. A la niña la fueron a acostar apenas llegaron, ya que se había quedado dormida en el auto.

Estuvieron casi toda la noche con Leila. Conversaron mucho. Chelita subió a acostarse, pues ya eran casi las dos de la mañana. Joseph, Mussi, Michel y Leila se quedaron.

—Mañana viene Elías —informó Michel—. Partirá en la mañana en el tren. Ese la supo hacer, pues el camino desde Los Muermos acá no recomiendo hacerlo en bus o en otro vehículo.

Michel les contó a sus hermanos que, conversando con su padre, él le dijo que le había llegado una carta desde Argentina y que querían que volviera.

«Ya iré. Mis hijos parece que me fueron a buscar para venirme a morir aquí, a Chile», les había contestado él.

«No, papá, ¿cómo se le ocurre? —le contesté yo en esa ocasión—. La mamá te necesitaba. Bueno, en ese momento en que te fuimos a buscar. Igual, la tía Zaida quería verte, papá».

—Pero yo no dije nada —intervino Leila—. Ya me había acostumbrado a mi vida aquí sola, sin que me estuviera molestando este marido mío. No, ahora, aunque dormíamos en la misma pieza, no le di la pasada.

—¡Pero mamá!, ¿cómo pudiste ser así con el papá? —todos sonrieron con el comentario.

—Por eso él se quería volver a Argentina —dijo Mussi—. Sí, eso repetía él: «Mis hijos me trajeron para que me venga a morir en Chile». ¡Pobre madre! No pude hacer nada cuando empezó anoche a llamarme para que le diera aire. Así estuvo. Me dijo que le faltaba el aire.

—Sí. No pudo almorzar y falleció como a las tres de la tarde —añadió—, después del almuerzo.

Al día siguiente, tipo diez y media de la mañana, llega Elías a ver a su padre en la urna. Se acercó y le dio un beso al ataúd. Lloró un rato. Vino con Sofía, que lo consolaba. Al verlo, los otros tres hermanos se le acercaron, se abrazaron y lloraron juntos. Sofía, Chelita y Leila, muy tristes las tres, estaban sentadas juntas en el sofá. Leila propuso que rezaran para poder estar sin conversar.

—Bien —asintió Mariam—. Rosalía, voy a buscar unos rosarios que tengo.

Se fue por la cocina al interior de la casa. Los sobrinos y nietos estaban conversando y, cuando escucharon a sus madres y tías rezar el rosario, se callaron y trataron de seguirlas. Les dieron las doce del día rezando. A las trece horas, por la puerta de la cocina aparece la Elvirita.

—Tengo listo el almuerzo —les dice—. ¡También hay que alimentarse, chiquillos!

Los hijos de Michel se fueron a su casa con Ana, que les había preparado el almuerzo. Los hermanos almorzaron y, como a las tres de la tarde, llegó un grupo de amigos del tío Mussi a presentar sus condolencias. Eran los bomberos. También llegaron de la Federación de Árbitros y de la Cruz Roja. Se llenó de flores la pieza. Trajeron más sillas y pisitos para que se sentaran las personas que llegaban.

Como a las cuatro y media de la tarde, se les sirvió café con galletas. A las seis llegó el cura de la iglesia del centro, traído por Mariam, quien había salido a informarle de la muerte de su abuelo. Ellos ya se habían enterado, pero acompañaron a Mariam a su casa y rezaron un responso, que terminó tarde.

Convinieron en que al día siguiente tenían hora para ser recibidos en el Cementerio de La Unión, a las doce. De modo que el padre les dijo que haría una misa en su nombre y que a las ocho de la mañana los esperaba para instalarlo con las luces en la iglesia y hacer la misa a las diez y media. Así alcanzarían a llegar a las doce al cementerio. Todo estaba contratado: la funeraria a sus horas y la gente toda avisada.

De esta manera, se llevó a efecto la misa. Joseph se había ocupado de esto en parte de la tarde del día anterior. Hasta había puesto algunos avisos del fallecimiento de su padre en el periódico local, de parte de la familia, con la hora de los funerales. Fue un gran funeral con toda la gente que los acompañó para llevarlo al cementerio. Iba la carroza adelante, algunos carros atrás con la familia y mucha gente caminando que los seguía.

Ya pasado el funeral, todo vuelve a la normalidad. Leila y Chelita salen juntas. Las otras nueras se van a sus casas. Rosalía les dice que salgan, pues ella debe ordenar la casa. Ya al día siguiente se van los nietos y Elías con Sofía a Los Muermos. Toman su tren al sur; pasaba uno como a las cinco de la tarde.

Joseph y Chelita también toman el tren con su hija pequeña, ya que los amigos que los trajeron a La Unión se quedarían por un tiempo más en la ciudad.

Capítulo XVI
La vida de la familia de Joseph en Valdivia

Al segundo año de que Joseph y Graciela llegaron a Valdivia, la niña fue por primera vez al kínder, en el colegio de monjas San Rafael, que quedaba cerca de la casa que arrendaron en la calle Pérez Rosales. Los niños todavía estaban en casa. Simón, el pequeño, con ocho años, también fue a la escuela primaria.

Así se empezó a organizar la vida de esta familia. Chelita no hallaba la hora de poder irse a su nueva casa en la calle Simpson. A ella la trasladaron desde la escuela de Freire a la Escuela N.º 5 de Valdivia, que, como le había dicho don Ramón, quedaba frente al liceo de niñas, en Arauco con García Reyes.

Llegó el día, a casi dos años de la llegada a Valdivia, en que estuvo lista su casa. Feliz estaba Chelita, pues el cambio fue grande. Llevaron las cosas en el camión que había comprado Joseph para sus trabajos. Un buen camión Ford azul, de segunda mano, pero que estaba bastante bien. Era enero del año 1950, a mediados del siglo pasado.

Todos contentos, la pequeña Leila tendría su pieza sola, y los varones también tendrían su pieza: una para los pequeños y otra para los más grandes. Ya Jorge había vuelto de La Unión y estaba estudiando en Valdivia.

La casa era grande y bonita, con una pieza de entrada, una puerta de corredera con vidrios para entrar hacia el salón, una separación con cortinas del salón al comedor. Todas las piezas de gran espacio. En una esquina del salón, hacia el comedor, la gran chimenea hogar, de piedra, pintada de color rojo oscuro. Arriba, el gran reloj dorado, con cúpula de vidrio y una fotografía de la familia. En la entrada también había otra puerta que se corría para entrar a la cocina, la cual tenía una gran cocina de fierro.

El cañón calentaba también el segundo piso, donde estaba el baño. Una mesa de cocina con dos sillas y pisitos debajo. El lavaplatos nuevo, de loza blanca, tenía dos llaves: caliente y fría. También contaba con un repostero, una pieza tipo ropero con repisas donde se guardaban las ollas, el comestible y todo lo necesario en la cocina. Era muy práctico para no tener la cocina con todos los utensilios a la vista, como usan ahora, o con muchos muebles. A veces el refrigerador también se podía poner en esta pieza, pero en este caso quedó en el comedor del diario.

La pieza matrimonial, en el segundo piso, era grande. Mandaron a hacer los muebles a una fábrica de Traiguén, todos ellos enchapados: los respaldos de catres, roperos y veladores, en raíz de lingue. También la mesa del comedor grande estaba enchapada y con ello un aparador donde se guardaban las copas, la loza y los enseres y fuentes necesarias para ensaladas.

En realidad, la casa quedó muy bien. Hacia atrás de la cocina había un comedor de diario con una gran mesa redonda de madera, un diván y, más atrás, la oficina del papá y una pieza de costura, con la máquina de coser Singer de pie, su pedal y caja de costuras. En toda la pared, a mano derecha, tenía también una gran biblioteca, en donde guardaban dos violines de la dueña de casa, ya que los niños, desde pequeños, cuando ya tuvieron seis y siete años, los puso a estudiar violín con un profesor de Valdivia, el profesor Razzeto.

Eran siete las personas que vivirían ahí: el matrimonio y cinco hijos; por eso debía ser espaciosa. Además, llegaron a vivir algunos primos del campo que vinieron a estudiar a Valdivia. De modo que, si era hombre, se le colocó en la pieza de los mayores; si era mujer, en la pieza de Leila, donde había un mueble que se bajaba y se transformaba en cama.

Ya en marzo, nuevo inicio de clases del año 1950. Chelita no se había dado cuenta, pero se sintió un poco mareada de repente y se cortó su menstruación.

—Llévame a un ginecólogo, a un médico —le pidió a Joseph—. Me siento un poco mal, esta mañana me sentí muy mareada en la escuela.

Así se dieron cuenta de que Chelita estaba esperando un nuevo hijo o hija.

El 8 de julio, día del casamiento y del cumpleaños de Joseph, ya Chelita sabía que estaba esperando un nuevo hijo, pues ahora, pasado ya el cuarto mes de embarazo, se sentía muy bien.

Le dijo a Joseph que celebrarían su cumpleaños como corresponde, con una gran fiesta en la casa nueva. Ya había llegado el comedor con su gran mesa enchapada y estaba toda la casa amoblada. Había que invitar a sus hermanos de La Unión, a su madre Leila, a los amigos y a su hermana, que vivían en Valdivia con su familia.

Todo bien dispuesto. Chelita hizo los preparativos, llamó a las amistades y se hizo una gran fiesta por los diez años de matrimonio y la celebración del cumpleaños de su esposo.

El papá seguía trabajando, se levantaba muy temprano y llegaba a las siete y media de la mañana con el pan calentito de la panadería. Abría luego su oficina y el portón a las ocho de la mañana para que entraran los maestros de obra, a los que iba a llevar en el camión azul. Toda la mañana afuera y llegaba a casa a las doce y media o a la una de la tarde a almorzar. Si llovía, pasaba a buscar a los niños al colegio salesiano, donde entraron a estudiar kínder; y luego a Graciela a la Escuela N.º 5, que quedaba frente al liceo de niñas de Valdivia.

Apenas se le notaba a Chelita que estaba embarazada. Era tan ágil y capaz de mantener la casa, trabajar en la escuela y disponer todo de su casa para que su familia estuviera bien.

Llega así el 8 de julio, el día de la celebración. Los invitados llegan a las seis y media de la tarde. Los de La Unión ya habían llegado más temprano. A Leila la habían dejado en la pieza de Laly, como le llamaban a la Leila pequeña, de ocho años; y los otros niños seguidos de siete y seis años.

Joseph era el que abastecía la casa, llegaba siempre con la fruta, las aceitunas, que no podían faltar, y los frutos secos: nueces, pasas, almendras. La harina, el arroz, los fideos, la carne, el pollo y todo lo necesario. Querían hacer «niños envueltos», como llamaban a los rollitos rellenos en hojas de parra, pero no se hicieron porque no era el tiempo de esas hojitas, pues los parrones no tienen hojas en invierno. Se hicieron, pero con hojas de repollo.

Leila ayudaba también a cocinar el pavo relleno y el pato asado. La exquisita torta, merecida para este doble cumpleaños, se encargaba afuera; de hojas y llena de cachitos con crema.

Los niños chicos, antes de que empezara la comida, cerraban la cortina que separaba el *living* del comedor, justo cuando todos habían pasado y se estaban sentando a la mesa. Ahí empezaba el show de los hermanos: Jorge, el mayor, tocaba tango y cantaba en el piano; Simón contaba chistes y hacía bromas. Los niños tocaban el violín; Leila, el piano, pues había estado estudiando piano ese año con la señora Emita, y al final danzaba el Vals de las Flores.

Todos se preparaban bien. Los aplausos y las bromas hacían una velada feliz a sus padres. Chelita, preocupada por tener todo listo, se aseguraba de que sirvieran las chicas de la cocina, junto con su hermana, que también le acompañaba a servir. Los niños comían en el comedor de diario.

Muy buena la fiesta del cumpleaños, que duraba casi hasta las doce de la noche, hora en que el tío Carlos, con Ernita, se iban a su casa en el centro. La gente se retiraba agradecida de haberlo pasado tan bien.

Llega noviembre de ese año y nace el otro hijo del matrimonio. No le costó nada a Chelita, de dos pujos salió el pequeño, que precisamente por eso salió tan bien. Le dio pecho hasta casi los seis meses.

Ella tuvo bastantes vacaciones, pues, además de su permiso maternal, pronto llegó diciembre, Navidad, Año Nuevo y las vacaciones escolares, de modo que pudo darle buena leche y mantener al niño crecidito para cuando llegara marzo, el mes en que ya tenía que empezar a trabajar en la escuela. Ya con cuatro meses no había problema de dejarlo en casa con alguna nana que lo cuidara.

Capítulo XVII
Leila, Mariam, Rosalía y sus actividades. Fallecimiento de Zaida y Leila

La hija de Rosalía y Mussi seguía creciendo, estudiando en el colegio de monjas de La Unión, donde era buena estudiante; luego debía entrar al liceo. Como ya se dijo antes, no quiso seguir estudiando y alcanzó solo hasta segundo o tercer año de humanidades. Después, se quedó en casa. Tejía y hacía labores manuales, como punto de cruz y otros bordados.

Era tan consentida, que le daban todo lo que ella quería, y siguió así por mucho tiempo hasta que un buen día le dijeron que esa situación no podía continuar, que debía trabajar y esforzarse para conseguir sus cosas. Por supuesto, como muchas veces, hizo una tremenda pataleta; pero, como ya era más grandecita, no se la aguantaron.

El papá la amonestó con severidad y le impuso la tarea de trabajar con Manina en las compras que ella tenía que hacer y luego en el negocio, en las ventas, pero sin hacer regalos. Todos los días debía presentarse a las nueve y media, bien vestida, para ayudar a Manina y a Nenita a buscar los productos necesarios que se venderían al detalle y así agilizar las ventas, ya que tenían bastante público.

Los domingos y los días de «fiestas de guardar», como antiguamente se decía, iban las tres damas de la casa a misa: Rosalía, Leila y Mariam. Ese día no tomaban desayuno, pues había que comulgar y era pecado comer antes. Iban a la misa de las nueve, temprano, para volver alrededor de las diez y media de la mañana a tomar desayuno. La gente miraba a Leila, a quien le decían la Turca, por cómo levantaba las manos para orar; lo que no era ni es costumbre entre los católicos aquí en nuestro país.

Mariam sonreía al ver a su abuela en esa posición. Ella se cansaba de levantar los brazos, así que nunca trató de imitarla. Seguía la misa y se encontraba con compañeras del colegio. A la salida, conversaban y se reían un poco de las actitudes de Leila. Luego las niñas daban una vuelta por la plaza, antes de juntarse con los familiares que se habían quedado fuera del pórtico de la iglesia en conversaciones de adultos con el sacerdote, que los salía a despedir.

A los dieciocho años, Mariam se dedicó a enseñar catecismo a las niñas que iban a hacer la primera comunión en el colegio donde ella estudió. Las monjitas le tenían mucho aprecio, pues había sido muy buena alumna en religión. Era una de sus asignaturas preferidas. Se acercó más a la iglesia y comenzó a asistir todos los miércoles a la misa de la tarde. Conoció así a mucha gente del campo, quienes sabían que ella era la hija del dueño del negocio de abarrotes de la calle Prat. Tenía amistades con esas personas y con algunas que asistían a la misa temprano.

Siguió así la vida de esta familia en La Unión. Joseph y Chelita los visitaban de vez en cuando, sobre todo para los cumpleaños de cada uno de los hermanos. Leila pasaba de casa en casa; a veces se iba al campo y otras veces a la casa de Joseph.

Lamentablemente, falleció Zaida, la hermana de Leila, que estaba en Río Negro. Mussi comunicó esto a todos sus hermanos. Michel desde La Unión y Joseph desde Valdivia pudieron asistir, aunque era día laboral. Elías envió sus condolencias, pues no pudo asistir.

Un gran pesar sintieron los hermanos por el fallecimiento de su tía. Mussi se encargó de todo. La trajeron desde Río Negro para sepultarla en La Unión. En la inscripción del mausoleo donde está sepultada se lee «Zaida Dip Here», y debajo la fecha: «3 de junio de 1956».

Joseph llevó a Leila a su casa en Valdivia para que pasara la pena de la muerte de su hermana. Leila se instaló en la pieza de

Leila, la pequeña, que ya tenía alrededor de catorce años. Era una señorita y había pedido permiso para pololear con un buen chico del salesiano.

Uno de esos domingos lluviosos de Valdivia, todos estaban en casa después del desayuno. La mamá estaba en cama porque estaba resfriada y no se había levantado. Leila y Laly, su nieta, acompañaban a Chelita, a quien le habían llevado el desayuno a la cama para que no se levantara tan temprano. Laly se arreglaba y se miraba en el espejo, desde donde también observaba a su abuelita. Llamaban su atención las orejas de Leila, pues sus lóbulos estaban bastante estirados hacia abajo por el peso de sus aros, una libra esterlina de oro en cada oreja.

—¿Te pesan tus aritos, *jabibe*? —le preguntó Laly.

—No, querida —le respondió Leila—. Los tengo puestos desde hace años, ya me acostumbré. Querida nuera, quiero que estos aros sean para mi nieta Laly cuando yo no «estar» aquí.

Leila estuvo poco más de un mes en Valdivia. Después de la fiesta de cumpleaños de Joseph, en julio, la fueron a dejar a La Unión, donde Mussi.

—Ya la estábamos echando de menos, mamá —le dijo él cuando llegó, abrazándola.

—Así es, todos la echábamos de menos —decía Mariam.

Leila falleció casi dos años después que Zaida. Todos sus hijos asistieron a su funeral en La Unión, un día muy triste y de lluvia persistente, aunque era verano. Falleció sin haber cumplido su sueño de volver a su tierra natal, el Líbano, y a Beirut, su ciudad querida, a los paseos por el jardín con su hermana. Nunca supo más de sus padres, de su pequeño hermano, y siempre sintió nostalgia por su familia libanesa. Fue sepultada en el mismo mausoleo de su hermana Zaida, casi a la entrada, al subir la gran escalera del cementerio, protegida por grandes pinos.

Cuando salieron desde Valdivia hacia La Unión, al momento de recibir la noticia del fallecimiento de su madre, Chelita le hizo un comentario a su esposo.

—Tu mamá me dijo que quería dejarle a Laly las libras de oro de sus orejas. Lo mencionó cuando vino a Valdivia, después de la muerte de la tía Zaida.

—Chelita, no pidas nada ni se te ocurra hablar de las joyas —le respondió Joseph—. Veremos qué pasa después, pero ahora no es la ocasión.

Todas sus cosas y joyas quedaron en la casa de Mussi, donde había vivido por varios años. En su pieza quedó el maletín de cuero repujado, color damasco, donde estaban las joyas de Leila y algunas de su marido.

Capítulo XVIII
Hijos de Joseph Assad y Graciela Mora

Los hijos de Chelita y Joseph fueron seis. Los dos mayores eran hijos solo de Joseph; luego vinieron la «chancleta» y los tres hermanos menores. Jorge, el hermano mayor de la familia, se fue de pequeño a estudiar en la escuela pública de La Unión, al cuidado de sus tías maternas en esa ciudad. Cuando terminó la enseñanza primaria, el papá lo buscó para que siguiera estudiando en Valdivia, donde había más opciones de colegios o institutos para continuar con la secundaria.

Por supuesto, aunque el padre le explicó que se había casado con la «mamita» que él había elegido cuando era pequeño, Jorge no entendió la situación, ya que había sufrido mucho cuando lo llevaron a La Unión y se encontró con otra realidad. No estaba con el cariño de su padre ni con su hermano menor. En La Unión, le contaron otra versión de los hechos: que su «mamita» había muerto y que ya no la tenía.

Esto fue una tragedia para él. Lloraba en el colegio, se lamentaba y recordaba que él había encontrado a su «mamita», pero sus tías de La Unión contradecían constantemente lo que decía. El pequeño, de seis o siete años, no comprendía aquello, lo que lo hacía sentir muy mal. En la escuela de La Unión hizo amigos pequeños como él y eso lo ayudó a superar su estado de ánimo. Por fortuna, era un chico inteligente, bueno en matemáticas y excelente estudiante.

Pasó el tiempo y, ya en Valdivia, quiso ingresar al instituto comercial que estaba en la calle Pérez Rosales. Salía temprano en la mañana con su padre, quien lo llevaba. Terminó sus estudios como contador con muy buenas calificaciones en ese instituto. Felizmente, el padre tenía cómo solventar sus estudios. Después completó la carrera de constructor civil en la Universidad Técnica del Estado de esa ciudad, donde la educación universitaria era casi gratuita. Pronto comenzó a trabajar en Ferrocarriles del Estado, en Valdivia, donde le iba muy bien.

Joseph tenía amigos en Freire, los Hott, quienes poseían terrenos en los alrededores de la zona. Jaime Hott, casado con Maruja Franzen, tenía dos hijas y un hijo. Las dos hijas eran muy bonitas. Para un cumpleaños de Joseph en Valdivia, los Hott llegaron como invitados junto a su hija menor, Alicia Eliana. La otra hija ya estaba comprometida con un médico veterinario y pronto se casaría.

Jorge conoció a Alicia Eliana, salieron, conversaron, se conocieron un poco más, y finalmente se casaron. Alicia era una joven linda, amable y cariñosa. Trabajaba en tejidos y además era una artista, pintaba jarrones maravillosos y hacía trabajos en vidrio. Todo lo que hacía le salía bien. Pronto la conoció Chelita y se convirtió en su nuera más querida. Igualmente, los hermanos de Jorge quedaron encantados con ella. Alicia se ganó el cariño de toda la familia.

Curiosa y habilidosa como era, comenzó a tejer guantes, calcetines, gorros y chalecos de lana, que vendía casa por casa. Con esas ganancias ayudaba a solventar los gastos del hogar y los de sus hijos. Tuvieron tres: una niña y dos varones. Primero vivieron en una población cercana a Simpson, cerca de la calle Errázuriz. Después se mudaron a una casa al lado de la de los padres de Jorge, que ellos habían estado arrendando por un tiempo. Cuando los arrendatarios se fueron, Joseph les escrituró la propiedad como suya. Fue un regalo significativo.

Más adelante, Jorge fue nombrado jefe de vías y obras en Temuco, por lo que la familia se mudó a esa ciudad, a la Avenida Alemania. Todo marchaba bien; eran una familia feliz con hijos universitarios. La mayor se convirtió en médico, el siguiente en ingeniero computacional, y el menor estaba estudiando ingeniería.

Sin embargo, a veces los consejos de los padres no son escuchados. El hijo menor, ya universitario, solía vacacionar en Licanray, donde tenían una casa de veraneo. Su madre le advertía que no se tirara de una roca hacia el agua, en uno de los sectores del lago Calafquén, donde pasaban las vacaciones. Lamentablemente, el joven falleció por inmersión en ese lago.

Fue un hecho muy doloroso para la familia. Todos tardaron mucho en reponerse de esa pérdida. Siempre es desgarrador que un hijo preceda a los padres en partir. Los hermanos, los primos, los tíos, todos lloraron su ausencia, ya que era muy querido.

Este, tristemente, no fue el único caso en la familia Assad. En otra ocasión, un hermano de ellos, llamado Winston, también sufrió una tragedia similar, que se comentará más adelante.

El tercer hijo de Joseph y Chelita, José Simón, estudió en la Escuela Normal de Valdivia y luego se perfeccionó en la Escuela Abelardo Núñez, en Santiago. A pesar de su formación, nunca ejerció como profesor. Era tan amistoso, que durante unas vacaciones de verano llevó a casi todo su curso de Santiago, más de quince jóvenes, a pasar una semana en Niebla, donde la familia tenía una casa-hotel. Esto ocurrió entre los años 1959 y 1960, antes del terremoto de Valdivia, cuando el hotel que Chelita había comprado años atrás a don Oscar Johansen colapsó debido al sismo.

Simón, quien tenía una habilidad natural para contar historias y motivar a la gente, se casó con una profesora de castellano de Osorno. Tuvieron dos hijos, una niña y un niño estudiosos. La primera se convirtió en médico obstetra, y el segundo fue diseñador. Durante una etapa inicial, este último también trabajó como carabinero cerca de La Florida, en Santiago.

La única hija que tuvo el matrimonio de Joseph y Chelita fue nombrada Leila, como su abuela. Joseph se encargó personalmente de inscribirla en el registro civil como Leila Graciela, combinando los nombres de la madre y de la abuela para crear una rima.

Después de Leila, nacieron Víctor Roberto y Winston Alfredo, quienes eran muy seguidos en edad. Seis años después, nació el más pequeño, Mario Alberto.

Capítulo XIX
Mariam queda sola con su padre

Pasa el tiempo y fallece Rosalía, la madre adoptiva de Mariam. Ella se queda sola con su padre al cuidado del negocio. También estaban Manina y Nenita. Sin embargo, todas las cosas se resintieron con el fallecimiento de Rosalía. Mariam lloraba, pues la quería mucho; era su consentida. Las empleadas también. Se hizo una misa, a la que asistió gran parte de los comerciantes de La Unión. Mussi, muy apesadumbrado en el funeral, habló algo, pero no terminó, pues la emoción lo embargó. Joseph terminó de decir lo que su hermano quería expresar y alabó las atenciones que Rosalía siempre había tenido para con toda la familia.

Por ventura, todavía estaban Manina y Nenita, que los acompañaban. Ellas eran siempre atentas y se notaba que eran buenas ayudantes y también buenas comerciantes. Les iba bien a todos en el negocio de abarrotes. Manina seguía con su compromiso de abastecimiento de la casa; iba al mercado y, la mayor parte de las veces, le pedía a Mariam que la acompañara. A Mariam, por su peso, le costaba un poquito el desplazamiento, pero igual iba y llevaba sus bolsas. A veces pedían una camioneta para que las transportara de vuelta del mercado, cuando la compra de las verduras o frutas era un poco más abundante y pesada.

Sin embargo, el tiempo pasa inexorablemente, y también fallece Manina. Queda solo Nenita, hija de una prima hermana de Rosalía, y, por lo tanto, prima de Mariam, para acompañar en el negocio a Mussi y a Mariam. Además, estaba Elvirita, quien ponía siempre la nota de humor. Cocinaba bien, ya que todos en esa casa eran un poco «entraditos en carne», como se dice por ahí. La única que no era abundante era Elvirita, la cocinera.

Mariam, a pesar de ser una mujer que con su padre se había dedicado al comercio, no aprendió mucho más de ventas ni de surtir de mercaderías el negocio. No salía mucho, solo donde las monjas y a misa. Por eso no encontró pareja, nunca se casó. Solo de la casa a la misa y enseñar el catecismo. Muy amiga de sus monjitas del colegio. Pensaba que todo era pecado. Se confesaba casi una vez a la semana y, cada vez que lo hacía, el padre le decía que todo estaba bien, que rezara un padrenuestro y cinco avemarías.

Después de que falleció su mamá, se dedicó más a estar en el negocio, aunque era remolona. Pensaba siempre que debía ayudar a Manina, así que a veces la acompañaba a hacer las compras al mercado para traerle las verduras a Elvirita. Los sábados se quedaba con ella en la cocina casi toda la mañana.

Así se dan las cosas. También Manina falleció, lo que fue muy triste para ellos. Manina, cuyo nombre era Amandina, era una persona muy servicial. Rosalía la había recibido jovencita en el negocio después de la muerte de sus padres. Había llegado del campo. Todos la echaron de menos.

El tiempo es implacable, y cuando hay falta de cuidados en la persona también. Manina no se quejaba nunca de ninguna dolencia, pero sentía dolores, sobre todo los mensuales, cuando tenía sus menstruaciones abundantes. En esos momentos pasaba por la farmacia y pedía que le recetaran algunos medicamentos, los cuales no le hacían nada bien.

Tuvo un gran tumor y dejó de menstruar casi a los cuarenta años. Esta dolencia quedó sin tratarse por mucho tiempo. Estuvo casi diez años con dolores y falleció relativamente joven. Una mujer es joven a los cincuenta y cinco años, aunque en esos años, con expectativas de vida de setenta años, ya había envejecido mucho. También fue una mujer soltera, solo dedicada a la familia Assad Coronado. Este último, el apellido de Rosalía.

Amandina del Carmen Arévalo, Manina, como la llamaban en la casa de Mariam, ya no tenía familia. Sus padres, como ya se dijo, habían fallecido por lo menos hacía unos quince años, bien tempranamente, en un incendio de la casa, ya que vivían en el campo y no se pudo salvar nada. Por eso ella se había quedado a vivir con la familia de Mussi y Rosalía.

Fue tanto lo que aprendió del negocio con su patrón, que llevaba todo el peso del negocio: las compras al por mayor, los precios a los que se debían vender los productos, el día en que llegaban a dejarlos las camionetas y los camiones que enviaban desde las empresas sus productos a La Unión. Todo lo tenía Manina anotado en sus cuadernos y ordenado en las facturas de pago y de compras. Afortunadamente, era ordenada. Se quedaba hasta altas horas de la noche trabajando para anotar lo que pasaba y se vendía cada día.

También este trabajo y sus preocupaciones le pasaron la cuenta. Unos tres años después de fallecer Rosalía, Manina se quedó dormida y partió en su sueño hacia el más allá para encontrarse con sus padres. Dejó atrás a su tío Mussi, de quien tanto aprendió y a quien tanto quiso. Él sintió profundamente el deceso de Manina, tanto por lo que ella le ayudaba teniendo todo anotado y ordenado en el negocio —resolviendo muchas cosas en las ventas al por mayor y al detalle—, como por su carácter silencioso y colaborador. Manina hablaba solo lo necesario y siempre tenía buenas ideas.

Aunque sus padres habían sido campesinos, Manina se había educado en una escuela técnica, a la que la llevaron tempranamente después de terminar la primaria, antes del fallecimiento de sus progenitores. Una tía suya, que conocía a Rosalía, la llevó a su casa en La Unión; y luego esta la acogió para trabajar en el negocio familiar.

Así fue su vida. Hay personas a quienes les toca trabajar arduamente y nunca se quejan de nada. «Manina fue una de esas personas que siempre se echarán de menos», pensaba Mussi.

Capítulo XX
Tres hijos de Chelita y Joseph viajan a Santiago a estudiar

Así se dieron las cosas. En la vida nada es predecible y, con el tiempo, todo cambia. Cuántas cosas pueden transformarse en el lapso de diez o veinte años. No se pueden prever. La familia de Joseph continuó creciendo con sus hijos. La única hija que tenían se fue a la universidad, y ya al año siguiente los dos hijos que le seguían también partieron a Santiago para estudiar. Tanto les inculcó su madre la importancia de «sacar un cartón», un título, que dejaron el hogar para formarse fuera. Los afectos también cambian.

El mayor de ellos decidió ingresar al Seminario Pontificio. Sintió que debía ser sacerdote. Sin embargo, después de uno o dos años, le aconsejaron que no continuara allí, ya que no estaba preparado para la vida sacerdotal. Le sugirieron seguir otra carrera. Entonces decidió estudiar filosofía; luego obtuvo una beca en psicología. Más tarde se fue al extranjero a realizar un doctorado.

Antes de esto, se había casado con Rosita, con quien tuvo cuatro hijos: dos hombres y dos mujeres, todos ellos profesionales.

El otro hijo de Joseph y Chelita también se fue a Santiago. Ambos hermanos estuvieron en el pensionado Cardenal Caro. Winston comenzó a estudiar leyes en la Universidad de Chile, pero no alcanzó a terminar la carrera. Fue atacado por una depresión fulminante que lo llevó a acabar con su vida.

Cuando sus padres recibieron la noticia, viajaron de inmediato para llevar su cuerpo a Valdivia. Toda la familia quedó consternada por esa terrible pérdida, sin entender el motivo.

Parecía inexplicable, ya que Winston tenía un buen desempeño en la universidad.

Algunos decían que se trató de una pena de amor que había dejado en Valdivia, algo que quedó pendiente. Sin embargo, es difícil describirlo sin conocer la verdadera razón que lo llevó a tomar esa decisión.

«¿Qué hice, Dios mío? ¿Por qué? ¿Por qué nos sucede esto?», clamaba el padre del joven, tomándose la cabeza entre las manos. A la semana, la madre vio cómo su cabello se llenaba de canas y pasó meses sufriendo por la pérdida de su querido hijo. Winston era un joven bueno, muy querido por todos sus hermanos. Fue una pérdida inmensa para toda la familia.

La vida de esta familia continuó durante los años sesenta y setenta. Leila se tituló como profesora de Biología en la Universidad Católica de Chile. Su trabajo de tesis, realizado con un distinguido profesor de la universidad, le permitió quedarse trabajando como ayudante docente para los alumnos de primer año de Medicina en esa institución.

Desempeñó ese cargo durante cuatro años, hasta que se casó con un joven médico que fue destinado a trabajar en el hospital de Río Negro. Por su lado, ella comenzó a trabajar en el liceo de Río Negro, al sur de Osorno.

Capítulo XXI
Joseph, alcalde de Valdivia, 1968-1972
Golpe de Estado en Chile, 1973

En el año 1966, Joseph fue regidor en la Municipalidad de Valdivia y, con esta presencia en política, pronto fue elegido alcalde de Valdivia en 1968. En este cargo, realizó varias innovaciones en la ciudad, dedicándose a la construcción de la costanera y al embellecimiento de calles, avenidas y parques. Se inició la construcción del coliseo, canchas para básquetbol y otras para fútbol.

Al término de su período, fue reconocido con premios y distinciones de organizaciones como la Fraternidad, la Cámara de Empleados de Comercio, la ilustre Municipalidad de Valdivia, el Rotary Club, la Asociación de Dueños de Camiones y la Escuela Normal de Valdivia.

Posteriormente, Joseph lanzó su campaña como socialdemócrata para postularse como candidato a diputado por la provincia de Valdivia, mientras estaba en la presidencia Salvador Allende Gossens. Sin embargo, este proyecto no pudo concretarse, ya que el 11 de septiembre de 1973, un año después de haber terminado su período como alcalde, ocurrió el golpe militar que derrocó abruptamente al presidente y que culminó con su muerte ese mismo día en el Palacio de La Moneda.

Una junta militar conformada por el Ejército, la Aviación, la Marina y los carabineros asumió el poder, reemplazando al gobierno democráticamente elegido en noviembre de 1971. Chile quedó bajo un régimen militar durante diecisiete años, con el comandante del Ejército, Augusto Pinochet Ugarte, imponiéndose como presidente tras el primer año. Este nuevo gobierno estableció restricciones como el toque de queda, que prohibía circular desde las diez de la noche hasta las seis de la mañana.

Joseph decidió no regresar a la política. En cambio, se dedicó a viajar con su esposa y a estar con su hijo menor, a quien no dejó ir a estudiar a Santiago por miedo a perderlo, como le sucedió con otro de sus hijos. Este joven estudió en la Universidad Austral y obtuvo su título de ingeniero acústico.

Joseph se sintió contento cuando su hijo se tituló. A menudo, todos sus hijos profesionales se sentaban con Chelita en el *living* después del almuerzo, donde conversaban mientras la chimenea, encendida en invierno, proporcionaba el cálido ambiente que emanaba de los troncos encendidos y las cenizas que quedaban al quemarse. Los días de trabajo, Joseph descansaba allí por media hora tras el almuerzo, y los sábados y domingos solían acostarse a dormir la siesta o ir por la tarde a La Unión.

Después de titularse, el joven ingeniero acústico decidió trasladarse a Santiago para buscar trabajo. Le explicó a su padre que las oportunidades laborales eran mejor remuneradas en Santiago que en Valdivia; además de que deseaba independizarse un poco de la familia. Trabajó en la Universidad de Chile como profesor en la Facultad de Artes, donde se enseña música. Allí conoció a una chica pascuense con quien tuvo una relación durante varios años y de cuya unión nació una hija, quien actualmente vive en Isla de Pascua. Más tarde, se casó con una joven de Valdivia y tuvo un hijo, a quien llamaron José, que ahora reside en Alemania.

Leila, la hija de Joseph y Chelita, se casó con un médico, hijo de una familia residente en Santiago. Toda la familia viajó a Valdivia para la boda, y Joseph, orgulloso, la llevó al altar, donde el padre Ivo, muy conocido en la ciudad, ofició la ceremonia.

Leila tuvo dos hijas, una nacida en 1976 y la otra en 1977. Tras catorce años de matrimonio, se separó de su esposo y crio a sus hijas mientras trabajaba como académica en distintas facultades y departamentos de la Universidad de Chile. Sus hijas se destacaron: una se convirtió en médico y la otra es arquitecta. Ambas trabajan en la actualidad en el Servicio Nacional de Salud.

El exesposo de Leila formó una nueva pareja y tuvo otros dos hijos, un hombre y una mujer. Tras el fallecimiento de la madre de estos, el padre pidió a Leila que se hiciera cargo del hijo menor mientras estudiaba en la Universidad Austral de Chile. Ella lo acogió en su casa.

Además de su vida laboral y familiar, Leila viajaba ocasionalmente a La Unión para visitar a sus primas, hijas de su tío Michel, y también a Los Muermos, donde vivían sus sobrinos, primos y su cuñada, quien quedó viuda tras el fallecimiento del primo Toto, que había estudiado en Valdivia.

Capítulo XXII
Fallecimiento de Mussi Assad

En La Unión, Mussi seguía con el negocio. Mientras tanto, se sentía muy a gusto con sus amigos futbolistas y con los paisanos. Salía los domingos a conversar, tomar café o almorzar las comidas árabes que preparaba la señora de un amigo muy estimado, dueño de una tienda de géneros frente a la plaza. A veces esperaba a Mariam cuando ella iba a la misa de las doce.

Seguía con su vida y recibía a almorzar a sus hermanos, especialmente a Michel, quien a veces venía a contarle sus cuitas y andanzas. Los hermanos se querían mucho. Muchas veces llegaba Joseph, en la tarde, con su señora y con una amiga vecina de Valdivia, a la que trataban de distraer por haber perdido a su marido.

Ahora ya había un camino asfaltado hasta La Unión y se podía ir en vehículo. Habían comprado un auto Ford color celeste. Allí, las onces se alargaban hasta tarde. En esos tiempos, tarde significaba las veinte horas. A esa hora regresaban las visitas de Valdivia a su ciudad, y también Michel a su casa, lo que siempre generaba discusiones con su esposa, quien no sabía dónde había estado su marido todo el día sin haberle avisado. Él se iba directamente, después de cerrar la frutería, a almorzar con su hermano, fuera al centro de la ciudad, para degustar las comidas de los paisanos, o a la casa de Mussi.

Seguía con su rutina del negocio durante la semana y con su hija y Pedrito, quien venía de vacaciones en invierno y verano. En el verano, llegaba acompañado de su señora.

Aunque nadie sabe el día ni la hora, Mussi falleció en 1976, diez años después de Elías, su hermano mayor. Fue un deceso triste y muy lamentable. Mariam quedó sola con Elvira en aquella casa grande. La mamá de Nena también había fallecido, así que Nenita le pidió al tío Mussi quedarse a vivir en su casa, ya que Manina no estaba. No hubo problemas, pero pronto también él falleció. Quedaron en esa casa Mariam, Nenita y Elvira. Mussi falleció en pleno gobierno militar de Chile.

Por supuesto, su hermano Joseph y Chelita llegaron desde Valdivia a su funeral, al igual que su hermano Michel. Consolaron a Mariam. Joseph y su señora permanecieron dos días en La Unión. Pedrito también llegó con su esposa. Era muy triste lo que estaban viviendo. Había fallecido el hombre que fue casi un padre para Pedrito. Estaban los primos hermanos de La Unión, hijos de Michel, con su padre.

Fue un día desolador y frío en la ciudad. Permanecieron para acompañar a Mariam, Pedrito y su esposa. No todos los hijos de Joseph asistieron, ya que algunos estaban en Santiago, con sus familias y trabajos, y no podían dejarlos. Solo fueron los dos hijos mayores, Jorge y Simón, quienes supieron a tiempo del fallecimiento del tío Mussi. Simón vivía en Valdivia y Jorge en Temuco, por lo que estaban más cerca para poder asistir al funeral.

Días después, las visitas terminaron y quedaron en esa tremenda casa Mariam, Elvirita y Nena. La que ponía orden en esa casa era Elvira. Ella tenía carácter y era capaz de mandar y organizar a Mariam un poco. Había vivido tantos años allí que conocía la casa casi desde que nació.

Decidieron que era necesario contratar a un hombre para realizar los trabajos más pesados, como entrar la leña para la gran cocina de fierro y mantener el fuego encendido todo el día, como estaban acostumbradas. Aunque se hacía menos pan y comida, seguían comprando lo necesario, como verduras, y el empleado acompañaba a Mariam a las compras.

El negocio comenzó a abrir de diez de la mañana a una de la tarde, y después de tres a seis y media. Nenita era ahora la encargada de todo: abrir, cerrar y atender a los clientes que llegaban, aunque cada vez eran menos, ya que el negocio se estaba desabasteciendo. Ya no había de todo, y la gente empezó a emigrar a otros puntos para hacer sus compras.

Esto fue un golpe duro para Mariam, que ya no contaba con el soporte de Manina para las compras y las anotaciones, los precios y todo lo relacionado con los impuestos que debía pagar al Servicio de Impuestos del Comercio en La Unión. No sabía cómo hacerse cargo de todo lo que hacía Manina. Tuvo que enviar a Nenita a realizar trámites.

Nenita, que tampoco sabía mucho, era constantemente tramitada y tenía que ir a las oficinas una y otra vez hasta que lograba avanzar con los asuntos del negocio. Mariam se enojaba con Nenita, la regañaba y descargaba en ella sus faltas de afecto, contrariedades y ansiedad.

La pobre Nenita sufría, aunque trataba de hacer lo mejor que podía dentro de sus posibilidades como empleada del negocio. Empezó a indagar en los cuadernos de Manina y trató de aprender lo que podía. También comenzó a hacer sus propias anotaciones de ventas, que se habían descontinuado.

Cuando llegaba Mariam de las compras, ya eran las nueve treinta de la mañana. Las hacía solo una vez a la semana, ahora acompañada por Carlos, el nuevo empleado.

Todo lo que ella había vivido se trastocó tras la muerte de su padre Mussi. Educada en un colegio católico y viviendo en una casa donde no le faltaba nada, su vida había sido sencilla. Solo debía ayudar a Manina y a Nenita con las compras y en el negocio; fuera de eso, no sabía nada. No tenía conocimiento de cuentas, comercio, contabilidad; los productos que debía encargar o los pedidos necesarios. Hasta ese momento, su experiencia era nula.

El negocio, que proveía el dinero para la casa, estuvo cerrado más de una semana tras el fallecimiento de su padre. Durante ese tiempo, Nenita y Elvira se dedicaron a hacer un inventario de lo que quedaba, anotando todo lo que se podía vender. A veces encontraban productos ya vencidos. Hicieron un arqueo completo, en particular de los insumos para aves y animales, como trigo, afrecho y otros alimentos; además de harina, lentejas, porotos y garbanzos almacenados en sacos. Analizaban cómo colaborar para continuar con la venta de lo que quedaba y qué debían encargar con las ganancias disponibles.

De este modo, Mariam tuvo que aprender. Su tío Michel también la ayudó, pues él sabía qué debía encargar, cómo hacer las compras y enviar telegramas para que las mercancías llegaran en el tren.

Fue un gran sufrimiento para ella no contar ya con sus padres. Por supuesto, sus tíos, su casi hermano Pedro y su esposa vinieron al funeral de quien había sido casi un padre para él. Llevaban a Mariam a la iglesia, la consolaban, organizaron todo lo del cementerio y el funeral, e incluso arreglaron los libros del negocio para aliviar su carga. Sin embargo, todos debían regresar a sus respectivos hogares, incluso Pedro y su esposa, quienes vivían en Santiago, pues allí tenían sus trabajos.

—Mariam, nos iremos en el tren de la noche. Te escribiremos. Contéstanos, queremos saber de ti y de cómo van las cosas aquí. Por fortuna, está Nenita, que te ayudará en el negocio; y Elvira, que también te apoya. No las dejes. Págales su sueldo como corresponde; ellas son parte de la casa.

—Sí, así lo haré —respondió Mariam—, pero no me conformo con que el papi ya no esté. Lo voy a echar mucho de menos.

—Claro que lo echaremos de menos, pero ya se te pasará la pena. Vas a tener que trabajar ahora y ver cómo te las arreglas. Te repito que nos escribas y me llames por teléfono ante cualquier problema que tengas, no lo dudes. Sabes que trabajo en Correos de Chile como abogado asesor, por lo que no me costará nada enviarte cartas o llamarte.

Era la década de los 80 en este hermoso país llamado Chile. Hacía cuatro años que Mariam había perdido a su padre adoptivo. El gobierno militar seguía en el poder; el señor Augusto llevaba seis años como presidente y no parecía haber forma de convocar elecciones. En 1980 se realizó un plebiscito, bastante irregular, en el que se reafirmó al presidente y se aprobó una nueva Constitución, que sigue vigente.

<(127)>

Capítulo XXIII
Mariam conoce a Rina

Uno de esos días en que asistía a misa, el domingo a las doce, una señora con su pequeña hija de tres años sentada a su lado, detrás de Mariam, le habló durante la ceremonia.

—Hola, señorita Mariam, ¿cómo está? Quisiera hablar con usted a la salida de la misa. Tengo que contarle algo.

—Bueno —respondió—, pero ahora quedémonos calladitas, que estamos en la prédica.

—Sí, después hablamos —replicó la señora.

Mariam se quedó pensando en qué sería lo que la señora quería decirle, y terminó perdiéndose la prédica del sacerdote, que hablaba sobre la misericordia del Señor. Pasaron el Evangelio, el ofertorio, los cantos, la elevación del pan y la copa de vino, el Padre Nuestro, el rezo del Cordero de Dios, la Paz y la Comunión.

Ya apaciguada, después de la comunión, miró a la señora y a la pequeña, que estaba tranquila sentada detrás de ella. La misa concluyó con la bendición y los cantos a María. Al salir, Mariam notó que la señora y su hija la seguían para buscar un lugar donde pudieran conversar.

Mariam no pudo quedarse a hablar con el padre, como solía hacer, ni escuchar los pormenores que las demás feligresas compartían. Estaba intrigada por lo que la señora deseaba comunicarle. Atravesó la plaza hasta un banco vacío. La señora la siguió y se sentó casi detrás de ella.

—Hola, buenos días —le dijo la señora—. Quería conversar con usted, señorita Mariam, porque, mire, yo soy del campo. Me cuesta venir a hacer las compras aquí a la ciudad, pero tampoco he podido bautizar a mi niñita. Quiero bautizarla y necesito su ayuda para hablar con el curita y que me diga qué día podemos venir con mi marido para el bautizo.

—Bueno —convino Mariam—, no tengo inconveniente en hablar con el padre ahora mismo.

—Sí, yo sé que a usted «la escucha Diosito», por eso me he acercado. Y debo decirle, creo que no me equivocaré si también le pido que usted sea la madrina de esta pequeña.

—¡Oh! —exclamó Mariam, pues nunca antes había recibido una petición así. Se sintió importante por la invitación y pensó en contarles esa misma tarde a las monjitas que visitaba los domingos después de las onces.

—Bueno, espere aquí un ratito —le pidió—. Atravesaré la calle para ir a hablar con el padrecito, que acaba de entrar a la iglesia. Le preguntaré cuándo podría bautizar a su pequeña.

—¡Gracias!

—¿Cómo se llama usted?

—Rina de Escobar —contestó mencionando el apellido de su marido, como era costumbre en esa época.

—¡Bien! —asintió Mariam, y cruzó casi corriendo la calle hacia la iglesia, donde el padre acababa de entrar.

—¡Hola, padre! ¿Cómo está usted? Vine a la misa, pero una señora me pidió que hablara con ella, por lo que no pude quedarme a conversar después de la misa con los demás feligreses. Le cuento, padre: esta señora necesita que, por favor, le diga una fecha y hora en que podría bautizar a su pequeña de tres años. Viven en el campo y no han podido hacerlo aún.

—Sí —respondió el padre—. Por lo general, bautizamos los viernes, ya sea en la misa de la mañana, a las ocho y media, o en la de la tarde, a las siete. No siempre hay bautizos, pero esos días la gente del campo viene a comprar productos y aprovechan para estas actividades.

—Ya, padre. Le diré. Y, ¿sabe?, me eligió como madrina de su niñita. Voy a ir en la tarde donde las monjas a contarles.

—Muy bien, hija. Me parece excelente. Serás una buena madrina.

—Padre, voy a tener que cruzar al frente porque me está esperando la señora Rina para que le cuente cómo me fue con usted. Chao, padre.

Mariam volvió al banco de la plaza, donde la señora la esperaba con su niña.

—Ya, buenas noticias. El padre dice que los viernes, a las ocho y media de la mañana o a las siete de la tarde, después de la misa, habitualmente realiza los bautizos para las familias del campo que vienen a comprar.

—Perfecto —respondió la señora Rina—. Hablaré con mi marido para saber cuándo podrá venir.

—La espero. Pase por el negocio cuando sepa para que yo pueda avisarle al párroco.

Mariam regresó contenta a casa ese domingo. Después del almuerzo, iría a visitar a las monjitas, a quienes tenía especial afecto y con quienes siempre compartía las cosas interesantes que le ocurrían, como esta.

Capítulo XXIV
Arriendo de habitaciones de la casa

Una vez que se hubo repuesto un poco de tantas pérdidas, sobre todo de Mussi y de Rosalía, Mariam continuó viviendo su existencia con las compras, con Nenita, Elvira y Carlos, contratado por Mussi hacía un tiempo para ayudar en los traslados de abarrotes y cosas a la bodega. Buen ayudante era él.

De vez en cuando recibía una carta de Pedrito, lo que era motivo de alegría para ella. Seguía también con sus actividades en la iglesia y asistiendo a la misa de los miércoles y los domingos.

Con Nenita muchas veces se enojaba, como ya se ha dicho, porque ella no podía hacer alguna cosa que le pedía. Además, porque Nenita hablaba mucho con Carlos y había cierta amistad entre ellos. Mariam observaba esto y no le agradaba nada. Elvira era quien observaba todo y no decía nada, salvo alguna cosa simpática y jocosa en el almuerzo o en la cena de la noche.

Mariam salía con Carlos por lo menos una vez a la semana. Este empleado, como se dijo, había sido contratado para los trabajos más pesados, como cargar cajas y sacos o cortar leña, y era bastante servicial. Se empezaron a conocer mejor; él le hablaba mucho del campo y de las cosas que hacía con su familia. Le contó que su madre había fallecido y que su padre se dedicaba a sus amigos y a tomar. Eso no le pareció bien a él, por lo que se trasladó a la ciudad, donde tendría más oportunidades de trabajar.

Esto que escuchaba, le gustó mucho a Mariam, pues así se dio cuenta de que era un caballero que no tomaba y que era responsable.

Le habló a Elvirita de lo que le había contado Carlos y comentaron al respecto.

—Sí, efectivamente es una persona atenta con todas las damas —le confirmó—, pero a veces hace un poco de alarde diciendo que, en la plaza, los domingos, conquista a alguna.

—¿Pero de dónde sacaste esto, Elvirita? Si él casi no sale o muy pocas veces. Además, solito lava su ropa los domingos. Yo lo he visto.

—No, Mirita, solo la enjabona y después le dice a Nenita que se la enjuague. Tú no te has dado cuenta.

—Sírveme un tecito mejor y no sigamos con esta conversación.

Estaban en pleno gobierno militar. No se veía nada que cambiara las cosas. En el año 1983, se anunció que la economía se estaba reafirmando; sin embargo, de un día para otro subió el dólar. La divisa era casi una brújula económica, ya que muchas cosas se importaban y debían pagarse en dólares. Esto causó un gran descalabro en los mercados.

Mariam pensó que sería mejor cerrar el negocio, pues ya no estaba rentando mucho. Estaba bien segura de que debía dejar de atenderlo y dedicarse a otra cosa para obtener dinero para su subsistencia y la de la casa. Podría arrendar algunas piezas de la casa. Con dos alquiladas mensualmente, o al menos por quince días, obtendría más que con el negocio. Le comentó esto a Elvirita durante el desayuno.

—¿Qué piensas tú? ¿Podríamos arrendar dos piezas de estas de abajo? ¿Te parece?

—Pero solo hay una desocupada, señorita Mariam. Recuerde que su prima Nenita está en la otra pieza, al lado de la mía.

—Si arrendamos dos piezas, puedo cerrar el negocio. Con eso podemos sostenernos. Bueno, ¡una de las piezas de arriba, entonces!

—Sí, eso me parece mejor. Puede ser a una señorita profesora, ya que tenemos el liceo aquí al frente.

En eso quedaron. Ellas eran quienes tomaban las decisiones sobre la casona, el negocio y lo que fuera en esa tremenda casa.

Había un patio grande con algunos árboles frutales. Antiguamente había una huerta, pero desde que falleció Rosalía ya no se trabajaba. Solo quedaba el gallinero, donde las gallinas ponían huevos de diferentes colores: blancos, café y algunos azules. Las gallinas castellanas, como las llamaban, tenían el plumaje negro con blanco moteado, eran gordas y de patitas flacas. Caminaban todo el día en lo que había sido la huerta. Se les daba de comer trigo o afrecho dos veces al día.

Aunque eso se vendía bastante, Mariam pensó que sería mejor guardarlo para las gallinas de la casa. Sus huevos eran exquisitos y el gallito funcionaba bien, de modo que también había polluelos que alimentar y cuidar. Estos se usaban para las cazuelitas de pollo del domingo.

Se convenció de que lo mejor era arrendar. Cuando decidió que, en una semana, ya para fin de mayo y casi comenzando el invierno, cerraría el negocio, hizo un letrerito a mano, relativamente pequeño, que puso en la ventana. Decía: «Este negocio se cierra por fuerza mayor». Hizo otro, también pequeño: «Se arrienda pieza».

Ahora debía decidir qué haría con Carlos, a quien ya consideraba un amigo por las conversaciones que tenían. Tendría que despedirlo. Bueno, ya le contaría a Elvirita y juntas pensarían cómo hacerlo. Mientras tanto, lo necesitarían para trasladar los sacos de alimentos que quedaban en el negocio hasta la bodega; y también para las compras que se debían hacer, pues ya no estaba Manina.

Pasó ese invierno. Las cartas de Pedrito seguían alegrándole el corazón, al igual que las visitas de su tío Joseph y Chelita, quienes venían a ver al tío Michel.

Capítulo XXV
Salida de Mariam con Carlos

Así, Mariam comenzó a tomar sus decisiones. Pensó que uno de esos días invitaría a Carlos a misa. En efecto, el domingo de esa semana lo invitó por la mañana, proponiéndole que fueran juntos.

—Se van a caer los santos —fue la respuesta inmediata de Carlos—, si yo me asomo por la iglesia e intento ir a misa.

Mariam no pudo evitar reírse a carcajadas. Le pareció ingenioso y un buen chiste.

—Mejor vamos a un café —le propuso Carlos entonces—, a pasear por una de las plazas o a caminar hasta la salida del puente, cerca de la estación.

Mariam, que conocía poco su ciudad, más allá de la frutería de su tío, creyó una buena idea salir y conversar más sobre el campo, de donde él era originario. Carlos le contó que vivía cerca de un hermoso lago rodeado de bosques con árboles grandes, donde crecían copihues que comenzaban a aparecer entre las hojas en los meses de marzo y abril.

—Algún día podemos ir a Puerto Octay. Cerca de ese pueblo está el campito que era de mis padres. No sé qué será de mi padre. Debe andar borracho por ahí —comentó con un tono resignado.

Poco a poco, fueron conociéndose más a través de estas conversaciones. Carlos le propuso llevarla a conocer las ferias de otros pueblos y viajar en tren hasta San Pablo.

—Es un pueblo muy bonito, con una plaza llamativa y bosques de coigües y robles. Le va a gustar —dijo con entusiasmo.

En eso quedaron. Ella tendría que avisarle a Elvirita si decidía salir, asegurándose de que fuera un domingo después de misa.

—¡Claro! —exclamó Carlos—. Le avisa que no vendrá a almorzar y nos vamos a San Pablo toda la tarde.

—¡Mmmm!, me parece que así lo puedo hacer —respondió Mariam, pensativa.

—Le aseguro que pasaremos una tarde increíble. Le mostraré muchas cosas que usted no conoce. Y otro día podemos ir a Puerto Octay y bañarnos en el lago.

—¡Oh!, eso sería muy atractivo, pero queda muy lejos. También hay que pensar en lo que cuesta el tren o el bus para ir a esos lugares.

—Bueno, en eso no hay que pensar. Ya nos arreglaremos. Pagamos a medias, ya que los dos vamos a disfrutar.

De esta manera, Mariam quedó con ganas de salir con Carlos. Paso a paso, las cosas se iban dando entre ellos. En su soledad, Mariam pensaba que estas salidas podrían hacerla más feliz, permitiéndole conocer otras partes del sur que nunca había visto. Se le abría un mundo de posibilidades.

Capítulo XXVI
Consultas a su tío Michel sobre el negocio

El tiempo pasó inexorablemente. Con el fallecimiento de Manina y de su padre, el negocio fue decayendo cada vez más. Pedían ayuda al tío Michel, y él hacía lo que podía también, principalmente en cuando al servicio de impuestos que se debían pagar por el negocio.

—No sé qué hacer, Elvirita —le dijo uno de esos días en que estaba con sus depresiones—. Si debo cerrar el negocio, pues ya poco se vende, tenemos poco de todo y lo que tenemos puede quedar para la casa. Ya creo que me tocaría descansar un poco o cerrar como de vacaciones un mes y abrir después. Le consultaré al tío.

Michel, muy enfermo de diabetes, tuvo que ir al hospital, donde le amputaron unos dedos primero. Luego, tuvo que hacerse muchos exámenes, y le advirtieron que, si no se cuidaba, le podrían amputar la pierna. Joseph y Chelita lo venían a ver seguido.

Fue Mariam a la frutería, donde estaba atendiendo, y le consultó a su tío qué debía hacer.

—Mijita —le dijo él—, yo ya no sé cómo poder ayudarte. Estoy enfermo y debo también ver si voy a cerrar la frutería. Pero aún me aguanto. Creo que ustedes deberían aguantarse un poco. Cualquier cosa que se venda es importante, ya que tuvo su trabajo adquirirla, traerla y es necesaria para que la gente tenga cómo comprar las cosas que necesita para su hogar o para sus aves y sus animales de granja. Además, tú tienes a varias personas ahí que te necesitan. No puedes quedarte sin la Elvirita y sin Nenita, que te ayudan mucho.

Salió de la frutería pensando en que era un buen consejo el que le había dado su tío. No cerraría todavía porque, entre otras razones, hacía poco que se había contratado a Carlos y tendría que decirle que se fuera si cerraban, pues ya no se podría pagar su salario. También pensaba que la Elvirita casi no recibía sueldo y a la Nenita lo que ella le daba era la alimentación; así que tampoco recibía una gran remuneración a fin de mes.

Aunque en eso pensaba cuando se iba para su casa, ahora tenía otro objetivo: salir a conocer más al sur o al norte. Ya no sabía de esto, pero con Carlos sería otra vida. Le iría a preguntar al padre qué le parecía, e iría a confesarse también de algunas cosas en las que había pensado.

Con todos estos problemas, Mariam le cuenta un poco a Carlos sus dificultades con el negocio y con la casa; que era difícil en esos momentos salir y dejar todo. Carlos le comenta también que es importante que ella se distraiga para poder resolver mejor las cosas que debía hacer.

—Seguro que, si salimos una tarde, va a volver más despejada y va a pensar mejor, y así tomar buenas decisiones en todo lo que deba hacer.

Así fue convenciendo a Mariam de salir, por lo menos a San Pablo, un poblado al sur de La Unión que, en realidad, estaba cerca y se podía ir en el tren carretero, como se le llamaba, pues iba parando en cada estación de muchos pueblitos cercanos. Corría desde Santiago a Puerto Montt y se demoraba casi veinticuatro horas. Salía a las diecinueve horas desde Santiago y llegaba a las seis de la tarde a Puerto Montt. El otro tren era el rápido, que salía a las veinte horas, ya casi de noche, y llegaba casi a las doce del día siguiente a Puerto Montt. Ese tren no paraba en los pueblos pequeños.

—El próximo domingo —le dice ella—, le avisaré a Elvirita que no vendré a almorzar y podemos ir a San Pablo. Iré a misa de las doce por si me quiere acompañar.

—¡No!, ya le dije que yo no he pisado una iglesia hace años. Creo que fue solo cuando me bautizaron y alguna otra vez, cuando niño, que mi madre me llevó a conocer la catedral de Osorno.

—Bueno, pero eso quiere decir que es católico, ya que fue bautizado.

El día domingo en que decidió ir a San Pablo, Mariam fue a la misa de doce. Conversó con el padre, su confesor, y le preguntó si era pecado que ella saliera con un amigo y fuera a San Pablo y pasaran la tarde juntos. El padre le dijo que no era ningún pecado y que, por lo demás, estaba bien que ella tuviera algún amigo o amiga con quien salir y despejarse de todo lo que hacía en la semana.

—Usted es una buena persona y tiene que divertirse un poco. Salga, vaya con su amigo y pasee. No deje de hacerlo.

Con estos consejos de su confesor, Mariam se decidió a salir con Carlos ese mismo día domingo. Carlos la estaba esperando en la plaza a la salida de la misa. La invitó a tomar un helado y le dijo que fueran a la estación a esperar el tren, que no sabía si podía pasar a la una y media o dos de la tarde.

Se fueron a la estación a esperar el tren, que venía atrasado. Subieron y, de inmediato, comenzaron a cobrar los pasajes.

—¿A dónde van los señores?

—¡Aquí, a San Pablo no más!

—Son treinta pesos.

—Aquí tiene —le dice Mariam, que ya tenía su cartera abierta.

—¡Bien, señora, gracias! Tome sus boletos.

No había pasado media hora cuando llegaron a San Pablo. Se bajaron y comenzaron a caminar hasta la plaza, con lindos árboles y mucha vegetación.

Pasearon. Él quiso tomarle la mano, pero ella no se dejó llevar. Llegaron a la plaza y se sentaron en un escaño de madera pintado de verde. El viento no era mucho, pero de todas maneras se sentía una grata brisa.

—Tenemos dos horitas para pasear —le dice Carlos—, ya que el tren de vuelta pasará como a las cinco y media.

Mariam estaba contenta con este paseo y con la propuesta de poder caminar tomados de la mano. Se estaba entusiasmando con todas las cosas que le decía Carlos, quien era un joven que solo quería ayudar. Era servicial y pensaba en que su patrona estaba un poco sola. Por eso la acompañó y salieron ese domingo. Él fue un caballero y se portó bien.

Sentados en el banco de la plaza, conversaron. Ella le contó de su casa, del fallecimiento de su padre y de su madre, que en verdad no era su mamá biológica, pero que ella la quería igual. Su mamá no pudo criarla porque no tenía dinero para mantenerla ni alimentarla; por lo que la adoptó su hermana. Su madre biológica murió tempranamente.

Carlos también le contó parte de su vida, un poco terrible según él, pues había sufrido mucho. Era hijo de un padre que lo abandonó muy pequeño y se separó de su madre, que no tenía medios. Él había tenido que trabajar desde niño para sustentarla, y ella también había fallecido muy pronto. Ahora estaba solo y tenía que trabajar para mantenerse, como lo estaba haciendo en casa de Mariam.

Los pensamientos de Mariam volaban. Se compadecía de este pobre joven que estaba tan desvalido y debía esforzarse para llevar siempre los bultos y cosas pesadas. Daba también gracias a Dios por no haberle tocado a ella hacer esas cosas.

Llegó la hora de tomar otra vez el tren de vuelta a La Unión, a donde arribaron a las seis y media de la tarde. A las siete y media ya estaban en la casa.

—¿Qué andaba haciendo usted, Mirita, hasta tan tarde en la calle? —le reprochó Elvirita al recibirla—. Tenga cuidado con este joven Carlos, que no sé si es de los «trigos muy limpios».

—Cuénteme dónde anduvo y dígame qué hicieron toda la tarde.

—Nada, estuvimos paseando por San Pablo, en la plazoleta, y nos vinimos de vuelta en el tren de las cinco y media o seis. No me fijé la hora, Elvirita, pero no te preocupes, que yo sé cuidarme.

—No se le vaya a pasar la mano a este Carlos, que ya le dije que no es de los «trigos muy limpios». Bueno, ahora le voy a servir una once, porque usted parece que ni siquiera almorzó.

—Sí, pues, es que el tren pasó como a la una y media y no alcanzamos a almorzar.

—¡Ah!, pura conversa entonces, no se la creo.

—No, me invitó a un helado.

—Bueno, con un helado todo el día debe estar muerta de hambre.

—¡Sí!, tengo apetito, pero ¿qué me vas a dar?

—Preparé un pollo arvejado. Maté un pollito bien criadito que teníamos para el domingo. Nos servirá para almorzar mañana también.

—Ya, con un tecito después, por favor. Y ¿hay pan?

—Claro, pues, mijita, sí hay pan. ¿Usted cree que en esta casa ha faltado alguna vez el pan? Ya hice pan ayer, como todos los sábados, los martes y jueves. Mi pancito de molde dura. La que más come pan es usted. Le aconsejo que no coma mucho, pues puede engordar más. Creo que vamos a hacer dieta.

Mariam comió bien y, como siempre, a las nueve o nueve y media de la noche se fue a su pieza. Solo cuando estaban su papá y mamá se quedaban conversando hasta un poco más tarde. Era costumbre de ella irse a la cama un poco más temprano para ir a rezar un poco, aunque fuera el rosario chico, como lo llamaba, que consistía en un padrenuestro y diez avemarías.

Capítulo XXVII
Nuevo contacto con la señora Rina

Mariam continuó con su vida en el negocio, ya bastante decaído y con pocas cosas. Nenita llevaba las cuentas y ella hacía las compras para la casa con Carlos, por lo menos una vez a la semana. A veces, él debía ir a la estación de ferrocarriles a buscar los bultos que llegaban con mercadería para la venta; en eso ayudaba el tío Michel.

Uno de los primeros domingos del mes, mientras estaba en misa de doce, la contactó nuevamente la señora Rina, quien le había solicitado ser la madrina de su hija de tres años.

Le habló durante la misa y, otra vez, Mariam la hizo callar diciéndole que a la salida podían hablar, pues en ese momento quería escuchar el evangelio.

—Ya —le dice Rina—, no se olvide.

—No, no me olvidaré. La tengo muy pendiente, y pensé que usted iba a pasar por el negocio, como le dije ese día. Ya, después hablamos —Mariam se llevó el dedo a la boca.

Salen de la misa, atraviesan la calle para ir a la plaza y buscan un asiento para conversar tranquilas.

—Cuénteme, señora Rina, ¿qué quería decirme?

—Sí, es que mi marido podría venir para bautizar a la niña el último viernes de este mes, que es cuando le pagan. Usted sabe que él es profesor y debe responder con su trabajo. Así tendrá dinero para celebrar el bautizo. Hacemos un asadito al palo. Él puede comprar medio corderito e invitamos a los padrinos y a algunos familiares de por allá. ¿Cree que usted podría ir, señorita Mariam?

—Sí, pero no sé dónde vive usted. Si no es muy lejos, podría ir.

Mariam pensó que tal vez Carlos podría llevarla, y así se lo propone a Rina.

—¿Sería posible que yo fuera con otra persona? Yo no conozco mucho el campo. Incluso podría quedarme un rato más si voy acompañada, como es en la tarde.

—No, señorita Mariam. Vamos a venir en la mañana de ese día viernes, pues mi marido va a pedir el día. Se puede ir con nosotros después del bautizo, ya que es relativamente temprano.

—Ah, ya, me llevan ustedes. Pero debe decirme más o menos dónde queda ese campo, porque después tendré que venirme y yo no conozco mucho.

—No se preocupe. Queda cerca, pasado el puente del río Bueno, casi llegando a San Pablo. Nosotros después la iremos a dejar al tren de la tarde, a las seis, para que se vuelva a La Unión.

A esas alturas de la conversación, Mariam ya conocía algo de San Pablo, así que respondió afirmativamente, creyendo que no podría ir con Carlos. Otra cosa que pensó fue que debía comprarle un regalo a la niña que iba a ser bautizada.

—Ya, señora Rina, gracias por avisarme. Entonces, el último viernes de este mes vendré a la misa en la mañana y bautizamos a la niña para que no quede «morita».

—Sí, muchas gracias por todo. Le ruego que le avise al padrecito. Le traeremos los papeles del nacimiento ese mismo día.

—Sí, eso no puede faltar —aseveró Mariam—, para que después él les dé el certificado de bautismo.

Así quedaron las cosas entre ellas. Mariam debía ir otro día a hablar con el padre y decirle cuándo vendrían los esposos a bautizar a Marta, la hija de Rina y Bernardo, y que ella sería la madrina.

Llegó el último viernes de ese mes de marzo, ya pasado el verano, empezando el otoño, pero todavía con días bonitos, soleados y no tan fríos como el invierno en La Unión. Se juntaron todos a las ocho y media de la mañana para la misa a las nueve. Había otros dos niños más que serían bautizados. A las 9:30 comenzó el bautizo. Los padrinos de la primera pareja bautizaron a un bebé de meses; el segundo matrimonio, a un niño de poco más de dos años; y el tercero fue el de Rina y Bernardo con sus padrinos, un tío joven de la niña y la señorita Mariam, de más edad, ya bordeando los sesenta años.

Salen de la iglesia ese viernes como a las diez y media de la mañana y se van a la plaza, llena de árboles hermosos, con una gran araucaria en el centro, palmeras, tilos, magnolios, pinos y camelias, como arbustos; con asientos bien pintados a su alrededor. Una plaza acogedora, limpia, con distintos tonos de verde, realzados por las especies arbóreas.

Repartieron unos santitos con el nombre de la hija, Martita, ya bautizada, y conversaron un poco. A todos se les invitó a tomar un café con leche, o solo, si preferían, acompañado de un trozo de pastel dulce. Después, tomarían el tren hasta San Pablo, donde los iría a buscar una carreta para llegar al campo, que quedaba un poco más al norte de San Pablo.

Lindos paisajes, hermoso campo. Mariam estaba entusiasmada y ya no echaba de menos no haber ido con Carlos al bautizo. Ahora estaba con esta familia que la acogía en su casa del campo. El asado ya había comenzado, preparado por uno de los campesinos que trabajaban también en las siembras, junto con unos amigos que habían llegado antes para empezar a asar el medio corderito.

El almuerzo estuvo muy bueno. Brindaron y festejaron hasta las cuatro de la tarde. Tomaron luego un té y, a las cinco, llevaron a Mariam a la estación de San Pablo para que se volviera a La Unión.

Fue un lindo día para Mariam, que siempre estaba en casa o en el negocio. En esa ocasión no trabajó; se quedaron Nenita, Elvira y Carlos atendiendo el negocio. Llegó a las seis y media de la tarde a su casa, contando lo bueno que había estado el bautizo.

—Ahora sí que no vengo hambrienta, Elvirita. Comimos un rico corderito al palo con ensaladas, papitas y de todo en la mesa. También un té con pasteles de postre.

—Bueno, no le ofrezco nada entonces, señorita Mariam. Nenita y yo vamos a tomarnos un té después de este cansador día del negocio. Algo se vendió. A Carlos lo mandé a la estación porque avisó don Michel que habían llegado unos quintales de trigo y de afrecho. Tuvo que arrendar la camioneta para ir a buscarlos. ¡Ya, todo bien! Sería bueno comprar unas bolsas de papel para embolsar harina y el trigo por kilos, de a dos o de cinco, porque la gente está comprando por kilos ahora; sobre todo el trigo para sus gallinitas. Es para no estar embolsando en el momento, que nos demoramos más.

—Sí, Elvirita, creo que es una buena idea. Le preguntaré al tío Michel dónde podría encontrar esas bolsas.

Capítulo XXVIII
Arriendo de habitación

Después del bautizo, el día sábado abrieron el negocio en la mañana y todo se normalizó. Mariam pensó que en la tarde iría a la frutería donde su tío Michel para consultarle dónde encontrar esas bolsas de papel o algún tipo de bolsas o cajas de uno, dos o cinco kilos, para empaquetar trigo y algunos de los productos que venían en sacos. Era mejor que estar pesando en el momento, le explicó a su tío Michel ese día.

—Sí, mijita, hace tiempo que te lo iba a sugerir, pero se me fue. Aquí vienen a vender a la frutería esas bolsas. Un vendedor que recorre casi todos los pueblos chicos entregando cajas y bolsas de papel más grueso, que te servirían para las legumbres.

—¡Qué bueno, tío! ¿Me lo envía cuando venga la próxima vez, por favor?

—Sí, mijita, no te preocupes. Ya vendrá, siempre pasa una vez al mes. No sé cómo no han pasado por tu negocio. Ahora están saliendo unas bolsas de plástico que también son buenas para embolsar la mercadería, y hay un negocio aquí en La Unión que las está vendiendo. Eso queda un poco más allá de la plaza. Anda a darte una vuelta por allá en la semana.

—Bien, tío, así lo haré. Se nota que la gente ahora compra menos que antes. Espero que no vengan días tan duros. Ya se acercan el invierno y el frío.

Mariam le contó a su tío que había pensado en arrendar una pieza o dos para poder solventar todos los gastos. Él le dijo que tenía que ver bien a quién le arrendaba, pues eso también podía tener su costo.

—Sería bueno a una de esas jovencitas profesoras que llegan a tu liceo del frente de tu casa —sugirió Michel.

Ella se fue contenta de su gestión. Ahora iría a hablar con las monjitas para contarles cómo había estado el bautizo de Martita, su ahijada del campo. Con lujo de detalles les narró el bautizo, los santitos repartidos, el regalo que le hizo —un trajecito rosado para el día domingo—; todo el almuerzo y las onces del campo, su ida y vuelta en tren y el paseo en carreta.

Las monjitas gozaron con sus observaciones, los cuentos de cada uno de los viajes y de la familia del campo que ahora eran sus compadres. La invitaron a almorzar el día domingo.

También les contó de su nuevo proyecto de arriendo, lo que a ellas no les pareció muy bien porque había tanta gente mala por el lugar que podría tocarle algún arrendatario no muy bueno. Pero, en fin, Mariam ya lo tenía decidido.

El letrero que había puesto surtió efecto: varias personas llegaron al negocio a preguntar por el arriendo, justamente el sábado que ella andaba donde su tío Michel. Elvirita atendió un matrimonio y les mostró una pieza de abajo con baño. Al parecer no les gustó. «Mejor, pues son dos bocas más para el desayuno, que siempre hay que darles», pensó Elvira.

Cuando Mariam llegó, Elvirita le contó lo sucedido. Le dijo que pasaron otras personas, pero que volverían a conversar con ella después, en la semana, cuando estuviera en el negocio.

Finalmente, durante la semana, vino una señorita de la escuela que le pareció muy bien a Mariam y a Elvira, y se le arrendó la pieza de abajo.

Después llegó un señor cuarentón, bien parecido, camionero, que viajaba mucho desde el campo repartiendo maderas a la ciudad. De vez en cuando debía quedarse para descargar el camión, cuando no alcanzaba a regresar. De modo que prefería arrendar una pieza para pernoctar y quedarse, sin preocuparse de volver a lugares distantes.

—¡Ah!, pero lo único que tengo es una pieza en el segundo piso —le dice Mariam.

—No importa —contesta él—. Si hay baño en ese piso, no hay problema.

—Sí, pero es mi baño —afirma Mariam—. Tendremos que compartirlo. No sé si usted es ordenado.

Enseguida, ella pensó en que no quería encontrar su pijama tirado en el baño ni tener que hacerle la cama en una pieza desordenada. Debería poner también sus condiciones. Con su madre y su abuela en la casa, Mariam había aprendido a mantener el orden; además con Elvira, que era como un sargento para mantener las cosas.

Se arrendó también la pieza de arriba. Ya todo estaba listo. Mariam le avisó a Elvira cuando ya le habían pagado un mes por el arriendo de la pieza.

—Bien, señorita Mariam, está en el segundo piso. Si a usted le pasa algo, nosotras, con la Nenita, no responderemos —advirtió.

Capítulo XXIX
Arriendo a Sebastián Suárez

El nuevo arrendatario dijo llamarse Sebastián Suárez, «S y S para que me recuerde usted, señora», como le dijo a Mariam.

—Soy señorita.

—¡Ah!, señorita —rectificó con énfasis él.

—Bien, entonces, señorita, yo me vendré a quedar aquí desde el próximo miércoles. ¿Hay algún problema con que llegue aquí como a las veinte horas o un poco más tarde?

—Ningún problema, don Sebastián. Estaremos aquí y le abriremos. Recuerde, el arriendo es solo con desayuno, no damos comida o cena.

—Sí, eso lo tengo entendido. No se preocupe, llegaré a lavarme los dientes y acostarme. En la mañana debo levantarme muy temprano; a veces, ni tomo desayuno. Tomaré algo a media mañana, como un sándwich contundente donde me pille mi recorrido.

—Bien, está todo listo ya, señor. Su pieza tiene la cama lista, sus sábanas limpias recién puestas y todo ordenado y limpio.

—Sí, señorita. Yo no traigo mucho equipaje, solo mi bolsa de viaje, que me echo al hombro. No es mucho; en el camión ando con mi ropa para cambiarme.

—Ya, no se preocupe, don Sebastián. Aquí se le puede también planchar alguna camisa cuando lo necesite.

—Muchas gracias, señorita Mariam. Eso sería bueno algún sábado que tenga que salir.

La señorita arrendataria de la pieza de abajo, María Zambrano Torrealba, era profesora de castellano y hacía clases a las estudiantes del liceo del frente de la casa de Mariam. De manera que salía relativamente temprano, a un cuarto para las ocho de la mañana, ya que tenía que estar a las ocho en el liceo. No tanto como don Sebastián, como le decía Elvirita al nuevo arrendatario, que salía a las siete de la mañana.

Todas las mujeres de la casa empezaron a levantarse más temprano, a las seis y media de la mañana. Elvirita debía ver que Carlos también se apurara en traer las astillas y en encender el fuego de su cocina, dejando leña para ponerle todo el día, y ella comenzar a dar el desayuno para que sus huéspedes pudieran ir a sus trabajos. Ahora debía hacer un poco más de pan y tener listos unos para que se sirvieran. Los dejaba cerca del borde de su cocina para que estuvieran calentitos.

Con estos cambios, se activó la casa; todo andaba más acelerado. A Mariam le gustó este arreglo, sentía que se ganaba un poco más sin trabajar tanto como en el negocio. Pronto creyó conveniente arrendar otra pieza y pensó en quitarle la de Nenita y enviarla a vivir arriba, en el galpón con Carlos. Así lo hizo, y ¡se pelearon las primas! Mariam le señaló que era ella la que mandaba en la casa y que necesitaba esa pieza, así que la envió a dormir al galpón.

—¿No te gusta tanto estar con Carlos —recalcó— y lavarle su ropa? Ahora puedes estar allá en el galpón con él. ¡Te las arreglas!

—Pero señorita Mariam —intervino Elvira—, a usted se le ha pasado la mano, ¡no sea así! La Nenita se le va a ir. Ha estado llorando toda la tarde desde que usted la echó de su pieza. Ahora está sacando sus cosas. Le aseguro que se va a ir. ¿A dónde?, si la pobre no tiene donde irse ahora. Quizá vaya con su prima Camencha a preguntarle, aunque no creo que pueda. Además, no le queda más familia; murió su mamá hace un tiempo ya y todas las tías también fallecieron. Por lo menos, yo no le conozco a ningún familiar aquí en La Unión.

—Bueno, ya se las arreglará. Necesitamos esa pieza, pues hay arrendatarios y creo que se debe cerrar el negocio lo antes posible.

Así de dura fue Mariam. Sin miramientos, echó a su prima de la pieza en que estaba y la envió al galpón, al que había que subir por una complicada escalera de madera. Allí estaba la mercadería, los sacos de alimentos de aves y de legumbres. Carlos dormía en uno de los cubículos del galpón. Ahí había armado una pequeña cama con un velador y una silla.

Nenita tendría que hacerlo así: en otro cubículo, que eran pequeños, de unos dos por tres metros, poner una camita de una plaza, un cajón como velador y llevar una de las sillas de la cocina o un banquito pequeño. Con toda su tristeza, y pensando que pronto ya tendría que dejar de trabajar en el negocio y que ya no sería posible vivir en esa casa, se propuso hacer una pieza arriba, en ese cubículo, mientras encontraba dónde irse y comenzaba a buscar un trabajo nuevo en algún negocio en el que pudieran recibirla.

Fue a conversar con otra prima de La Unión, hija del tío Michel, pero ella no podía tenerla en casa, pues vivía con su marido enfermo y pasaba mucho tiempo en el hospital. Tampoco darle trabajo, pues era difícil su situación y no tenía los recursos para ello. En realidad, Nenita no tenía a quién recurrir.

Pasaron las semanas. El tiempo parece avanzar más rápido de lo que los seres humanos quisieran. El arrendatario de Mariam, Sebastián, la invitó a salir un día a tomar un café al centro y conversar. Mariam lo encontraba tan buenmozo; le llamaba la atención la ropa que él usaba. Aunque tuviera que manejar un camión por la carretera o por la montaña, o buscar la leña o las cosas que cargaba desde el campo, salía con ropa bien ajustada a su cuerpo y poleras o casacas de invierno bien tenidas.

No sabemos lo que Mariam imaginó de esta invitación al café, pero lo que Sebastián quería pedirle era si podía rebajarle un poco el arriendo de la pieza, porque en invierno se le hacía más difícil ir al campo por los caminos en mal estado y el barro que se acumulaba en las ruedas.

Mariam no supo qué decir en ese momento; de modo que se le ocurrió al instante que, para poder darle su última palabra, tenía que conversarlo con Elvira, su otra socia.

—Bueno, esperaré —le dijo él—. Espero una llamada para ir más al norte a entregar un pedido y deberé ir a Valdivia. Usted sabe, señorita Mariam, que para allá hay que trasladarse siempre con ropa de invierno, pues allá siempre llueve.

—¿Sabía usted que Valdivia es la ciudad más lluviosa de Chile?

—Sí, ¿cómo no lo voy a saber si tengo unos tíos de allá que vienen siempre a ver al tío Michel? Y a mi casa, a veces, se vienen a almorzar. Tengo una prima allá que también viene a verme.

—¡Ah!, eso es bueno, tener familia que nos visite. Yo no tengo mucha familia. Mi madre vive solita en Argentina y le tengo que enviar algunos pesitos chilenos. No es mucho, pero le sirven allá.

—Eso está bien —convino Mariam—, que ayude a su madre. Es necesario, como todo buen hijo. ¿Usted es hijo único?

—No, tengo una hermana que trabaja y vive con ella en Argentina.

—Entonces, por suerte, no está solita.

—Sí, pero pasa sola casi todo el día, pues mi hermana trabaja en una casa de comidas rápidas, desde las ocho y media de la mañana hasta las veinte horas. Felizmente, tiene comida gratis.

De esa manera, Mariam empezó a conocer más a Sebastián, a tenerle un poco de lástima y a gustarle más. Le dijo que la próxima semana le daría la respuesta y que, si quería, la podía acompañar alguna vez en algún encargo cerca de La Unión, para ver cómo se sentía andar en esos camiones tan grandes.

Pasó ese día. Llegó el fin de semana. Mariam, con la esperanza de salir otra vez con Sebastián, fue a la misa del mediodía. Sin embargo, al salir no lo vio esperándola en la plaza, por lo que se quedó un rato conversando a la salida con las personas que estaban con el padre. Se despidió y agradeció al padre por el bautizo del viernes, contándole también su experiencia en el campo con sus compadres.

Llegó a casa a almorzar con bastante apetito. Comieron las tres una cazuela de vacuno que había hecho Elvira con todos sus aderezos y su cilantro picado colocado encima. Estaba muy buena, de modo que Mariam repitió el plato.

—No quiero darle mucho, señorita Mariam, pues ya usted está «entradita en carnes». Así no va a encontrar ningún pretendiente.

—Qué culpa tengo yo de que tú cocines tan bien.

—Qué bueno que le guste. Siempre se ha comido todo lo que hago, con la excepción del cochayuyo que me hizo preparar una vez la señora Rosalía hace años y que usted no quiso comer, aunque le dijeran que eso le hacía bien para su salud.

Pasó ese domingo y el mes de marzo se fue con buen tiempo hasta mediados de abril. En mayo y junio comenzó a bajar la temperatura y pronto llegó la temporada de lluvias y viento. El invierno fue crudo. En la tarde, a las siete, se ponían a ver las teleseries de algún canal de televisión. Ahora cerraban el negocio un poco más temprano para tomar la once y ver TV.

Habían trasladado la televisión a la cocina para estar más calentitas con la cocina grande de fierro, que funcionaba con leña todo el día. Su cañón irradiaba calor y lo pasaba hacia arriba, para los dormitorios, donde algo calentaba. Preferían estar ahí en la tarde hasta las nueve; a esa hora comenzaban las noticias, que a veces veían una media hora, hasta que empezaban los comerciales.

Ya no salía con Carlos y se le pasó ese gusto de compartir con él, pues había encontrado otro objetivo para sus ganas de compartir con el sexo opuesto, algo que nunca había experimentado. Mariam ya tenía su edad; sus cincuenta y nueve estaban terminando y pronto sería su cumpleaños. Había pensado en celebrarlo e invitar a su tío Michel, algunas primas y, de Valdivia, a su tío Joseph y a Chelita.

El negocio no daba lo suficiente y Mariam hizo otros negocios bastante mal hechos. Empezó a vender las cosas y los locales que tenía atrás de la casa para poder tener dinero. Hacía las escrituras y la gente no le pagaba. Como era floja para estas cosas, se quedaban con todo, y ella no sabía cómo recuperar su propiedad o que le cancelaran la deuda, ya que «los abogados cobran mucho», según ella.

Al lado de su casa tenía dos locales arrendados; uno era una carnicería y el otro un negocio de venta de papas fritas y otros bocados dulces. Ella arrendaba estos locales y le pagaban en especie, o sea, con carne y en papas fritas. Con eso ya se daba por pagada.

Capítulo XXX
Mariam y el gran amor de su vida

Seguía Mariam ahora pensando en Sebastián, su arrendatario, hasta que un día en que iba a salir de compras le dice que podrían conversar en la tarde. Él, un poco temeroso, le responde que no ha tenido tiempo para hablar con ella porque el trabajo ha estado bueno estos meses.

—Esa es la verdad, señorita Mariam. Si usted quiere, podemos salir alguno de los domingos, pero este no puedo, pues debo hacer otras cosas, además de lavar mi ropa.

—Ya, pero podría ser el próximo domingo. Yo voy a la misa y me esperas a la salida, como la primera vez que salimos.

—Bueno, ahí estaré. Podríamos ir a Río Bueno, que está cerca y es bonito. Creo que hay unos buses que van para allá.

—¡Claro, excelente idea!

Se pusieron de acuerdo, pero a lo último, Mariam le dice que preferiría ir en camión, para saber cómo se siente ir ahí arriba. Por lo demás, de alocada que era, sería difícil que se subiera, tanto por su cuerpo, que estaba un poco entrado en carnes, como por su falta de ejercicio.

Por su lado, Sebastián pensaba en que podría pedir la rebajita en la pieza que arrendaba; a todo había que sacarle algún provecho. Él le ayudaría a subir para que la señorita sacara su gusto de andar en el camión.

Todo se dio bien. Salieron ese domingo, después de la misa. Se encontraron y se fueron a buscar el camión, que estaba estacionado cerca de la casa. Mariam pasó a avisar que llegaría en la tarde.

—Ya, señorita Mariam —le dice Elvira—, la espero en la tarde.

Empujándola desde atrás, él la ayuda a subir al camión. Primero, no se atrevía a tocarla por el *derrière*, pero luego no hubo otra alternativa. Y como a ella no le importaba lo que él podía tocar, finalmente quedó bien acomodada en el camión de su arrendatario.

Partieron a Río Bueno, un pueblo hermoso, con plazoletas llenas de flores de invierno y calles con árboles y arbustos bien podados. Día de sol, ese sol de junio que poco calienta, pero que mantiene una temperatura no tan baja, ideal para pasear y sentarse en un banco. Eso hicieron. Se bajaron, estacionaron el camión en una de las calles aledañas a una plazoleta y caminaron tranquilos hacia un banco pintado de verde. Había un negocio al frente donde vendían completos. Como ya era tarde para el almuerzo, Sebastián le preguntó a Mariam si quería un pancito con ave palta o un completo del que ofrecían cerca.

—Un completo —se inscribió Mariam con rapidez, que ya estaba con apetito.

Comiendo, conversaron y se conocieron un poco más. Sebastián le pidió una rebaja en el arriendo, pero eso todavía quedó a la espera de conversar más adelante. Aún Mariam no se atrevía a decirle a Elvira ni a Nenita; a esta última, en realidad no la tomaba en cuenta para nada.

—Cuéntame más de tu trabajo, Sebastián. Dime cuánto puedes ganar por carga de tu camión.

—Eso es relativo, señorita Mariam. Depende del lugar donde debo ir a dejar la carga y de cuánta sea esta. También depende del producto que cargue. A veces tengo que contratar a jóvenes que me colaboren en echar los productos al camión o a descargarlos. Todo eso es relativo. Cuando es leña, por ejemplo, es necesario siempre ayuda. Son palos de un metro; a veces, se llevan treinta metros. Se descargan diez en una parte, seis o siete metros en otra, y así se vende la leña.

—Eso es. Y ¿qué otros productos cargas? Veo que hay una parte del camión con barandas y otra sin.

—Bueno, por eso puedo cargar cajas de plátanos o de frutas para las fruterías. Me llaman cuando llega el tren con esos productos. Pero el mayor aporte es con la leña que traigo del campo, donde cortan los árboles y asierran los palos. También la madera elaborada que me entregan algunas barracas.

—Ya. ¿Y su vida personal? ¿Qué me puedes contar?

—No mucho. Ahora me he dedicado a trabajar. Después pensaré en si puedo formar una familia.

Esa respuesta no le gustó mucho a Mariam. Lo miró a los ojos y le dijo que esperaba que pudieran ser amigos. Luego le contó de su negocio, que ya está por terminar y deberá cerrarlo pronto. A lo que él respondió que ese era un muy buen negocio, que supo cuando falleció don Mussi y que lo había sentido mucho.

—Gracias por tus palabras —dijo Mariam, rozándole la mano.

También le comentó que esa tarde le hablaría a Elvira sobre la rebaja del arriendo.

—Creo que, como han subido las cosas, no está caro. Ojalá pueda seguir arrendando; además que está en el segundo piso y usas mi baño.

—Eso me queda claro, pero a veces no están buenas las cargas y se me pone difícil llegar a fin de mes. Pero ya veremos, podemos conversar más otro día. Mire que ya son más de las cuatro y media de la tarde, y luego empezará a correr ese viento y hay que llegar pronto. Debo salir como a las seis de la tarde; tengo un compromiso.

—Qué pena. Yo había pensado que podríamos tomar onces en casa con el pan que hace la Elvirita, tan rico. Yo lo invito.

—Bueno, si es así, entonces nos vamos directo a la casa.

Se extrañó Elvira al ver llegar a Mariam con su arrendatario invitado a tomar onces. Cerca de las seis de la tarde ya estaban sentados a la mesa.

Se fueron conociendo más, disfrutando de unas ricas onces con pan amasado, paltas, un poco de pechuga de pollo y ensaladas que Elvira tenía preparadas.

—Elvirita, con lo que me has recomendado, lo que cancela nuestra arrendataria de abajo, ¿crees posible que podamos rebajar un poquito el arriendo? —pregunta Mariam.

Elvira se puso pronto en alerta. ¿Qué le estaba queriendo decir?

—Señorita Mariam, usted sabe de los gastos que tenemos en esta casa. Yo, que soy de acá por tantos años, recibo un sueldo casi mínimo, igual que la Nenita, que ahora usted envió a dormir por allá arriba al barracón con Carlos. Creo que lo que me pregunta no es posible, más ahora que se vende tan poco en el negocio. No me pregunte esas cosas. Piense no más.

Fueron las palabras de Elvira, quien tenía sus años de experiencia. Se dio vuelta, salió y los dejó solos en la cocina tomando onces.

Sebastián supo entonces de algunos pormenores más de la casa y del motivo del arriendo. «Bueno, ¡esta señorita Mariam! Debo pensar en otra cosa», se dijo.

Mariam se fue entusiasmando cada vez más con Sebastián.

—No se preocupe usted, señorita Mariam —le dice después de toda esta conversación—, ya veremos cómo me las arreglo.

Mariam cambió de conversación y le contó que, hace unas semanas, la habían convidado a un almuerzo cerca de San Pablo, en el que se celebraba el bautizo de una chiquita de tres años, y que ella era la madrina. Ahora tenía unos compadres por allá por el campo.

—Eso es una buena cosa —afirmó Sebastián—. Yo tengo un sobrino, hijo de mi hermana, a quien quiero mucho. Siempre le debo llevar un regalito cuando voy a visitarlo.

Estuvieron como hasta las ocho conversando y disfrutando de las buenas onces de la tarde que había preparado Elvira para Mariam.

—Hace un poco de frío —comenta él—, voy a echarle un palito más a la cocina.

—Sí, hágalo no más, ya es un poco tarde. Yo veré un poco de televisión y luego subo.

—Bien, señorita Mariam, voy a subir ahora.

—Trátame de Mariam no más; es bueno que podamos tratarnos sin tanto protocolo.

—Bueno, sí, puede ser. Mariam es un bonito nombre.

—Gracias, ya me lo han dicho.

—Buenas noches, Mariam.

Elvira entró nuevamente a la cocina después que Sebastián salió.

—Y usted, señorita —le dijo a Mariam, en tono de reclamo— ¿qué bicho le picó, que ahora quiere rebajarle el precio a este joven? Le digo que él se gana su buena plata con el transporte y a nosotros no es mucho lo que entra; así que no le rebaje nada.

—No, Elvirita, si yo te preguntaba no más.

Elvira se quedó tomando una taza de té y comiendo algo, mientras esperaba las noticias, que acostumbraba a ver a las nueve de la noche.

Capítulo XXXI
Sebastián y Mariam

Pasa el tiempo, pasa la pena de Mariam por la muerte de sus padres. La supera porque ahora salía más a menudo con Sebastián, quien comenzó a conquistarla hasta que, en una ocasión, se la llevó a una posada cerca de Puerto Varas. Allí se acostaron, y ni qué decir, ella estaba más que contenta.

Así transcurrió ese año. No le contó nada a su familia, guardándose todo hasta que cerró el negocio. Mientras tanto, Sebastián prácticamente tenía el arriendo gratis. Sin embargo, Elvira comenzó a sospechar lo que estaba ocurriendo.

—Señorita Mariam —le dijo un día—, usted está cerrando el negocio. Hay que decirle entonces a Carlitos que se vaya, pues no puede seguir ahí. Sólo a Nenita la dejaremos y le daremos su comida aquí en casa. Ya es difícil con el dinero que tenemos. No se pueden hacer arreglos en la casa con este dinero que entra.

—No te preocupes, Elvirita, ya lo arreglaré yo. Voy a ir a pedir mi jubilación, que me deben dar. Eso me dijo Sebastián y él me va a ayudar a sacarla. Me preguntó cuántos años tenía el otro día. Le dije mi edad y no lo podía creer. Me dijo que representaba mucho menos.

»No le podía mentir, pues habíamos celebrado ya mis sesenta hace poco. Por supuesto, él es más joven, y aun así se ha fijado en mí, porque me encuentra simpática. Tengo el orgullo de pololear con un joven que me quiere, aunque sea menor que yo. Eso me conforta y me tiene contenta, y puedo ahora ir a esos talleres de gimnasia que están haciendo algunas kinesiólogas que se turnan ahí en el salón de la Municipalidad.

Así de contenta estaba Mariam. Ya sabía «lo que era canela», como dice el dicho popular. Pasados los sesenta años, se había enamorado de un hombre casi veinte años más joven, quien se ofreció a ayudarla. Ella lo había llevado a casa como arrendatario de una pieza, y Sebastián se quedó viviendo allí varios meses durante los años de la dictadura. Fue un período de felicidad para Mariam, aunque luego tuvo una desilusión que la llevó a tomar varias decisiones.

Su pecado carnal la hizo confesarse varias veces, y el padrecito de la iglesia no lo podía creer. Incluso viajó a Santiago para decirle a su casi hermano Pedro que quería casarse. Le contó que pololeaba con Sebastián y que este le había prometido matrimonio. Pero después llegó una carta de Elvira, quien le escribió a Pedro advirtiéndole que no creyera lo que Mariam le había dicho, porque Sebastián era un hombre casado.

Llegó un día en que Sebastián empezó a sacar sus cosas de la pieza y avisó a Elvira, justo al fin de mes, que se iba. Eligió un domingo, cuando Mariam había ido temprano a misa.

—Debo hacer un viaje largo a Santiago y no sé cuándo voy a volver —le dijo Sebastián a Elvira—. Prefiero dejar la pieza para que se pueda arrendar a otra persona. Por favor, dígale a la señorita Mariam que debo irme y que ya no arrendaré más la pieza. Gracias, señorita Elvira, por todo, por sus buenos desayunos y por su buen pan.

Así salió este joven, no tan joven, de la casa y de la vida de Mariam, dejándola con sus ilusiones y su pena por haberse enamorado de él. Después tuvo que reponerse de la desilusión, pero ya sabía lo que era pololear con todo. Mariam había creído que tenía una pareja que la ayudaría con sus asuntos, como el de obtener su pensión.

Esta desilusión la llevó a pensar de forma práctica, como solía hacer, y decidió pronto poner otro aviso de arriendo, pero ahora arrendaría solo a mujeres. Ya no quería más hombres en la casa.

Elvirita la aplaudió.

—No se haga más problemas, señorita Mariam —la aconsejó—. Así es mucho mejor. Las profesoras de la escuela y del liceo que viven lejos de acá le van a arrendar. Ya verá que será mejor. Todavía tiene la pieza desocupada del segundo piso. Ahora se puede acompañar con una chica profesora, que siempre tienen más educación.

Sabiamente pensaba Elvira, como siempre.

—Ese don Sebastián no me gustó para nada, y usted fue a enredarse con él. Mejor que se haya ido. Ahora que ya no hay trenes, le va a ir bien con su camión. Puede haberse ido a otro lugar, o a Santiago, como parece que me dijo al momento de despedirse.

Capítulo XXXII
Enfermedad del tío Michel

El tío Michel, bien enfermo, con todos los síntomas de la diabetes, tomaba mucha agua y bebidas, pues siempre tenía sed, mucha sed. Se la pasaba en el baño, tenía mucho apetito, su cansancio se notaba y su visión era muy borrosa. La fatiga ya no lo dejaba levantarse, aunque él tenía mucha fuerza de voluntad y le pedía a su esposa que lo ayudara a asearse. Como tomaba bastante agua, su sudoración era copiosa. No tenía náuseas ni vómitos, como le había dicho el doctor que podría tener. Perdió un poco de peso, aunque comía cosas prohibidas como masas, queques y dulces, pues lo satisfacían más.

Llegó el año 1986. Mariam fue a ver a su tío, al que siempre consultaba las cosas del negocio. Ahí, la tía Ana le dice que estaba muy enfermo. Ella pasó a verlo y estuvo con la familia un buen rato. Los hijos ayudaban a la madre en las cosas de la casa.

Mariam volvió a su casa muy apesadumbrada. Poco tiempo después, le avisan que su tío había fallecido. Esta fue una gran pérdida para la familia Assad. Sus hijos, su esposa, el único hermano que le quedaba, Joseph, y su señora, fueron a sus funerales. Mariam los acompañó y lloró a su tío, que tanto la había ayudado. Todos sus hijos asistieron, además de algunos primos del sur y de Santiago.

Todos sabían que estaba muy enfermo. La diabetes es una enfermedad que, si no es tratada correctamente y si se desordena en el consumo de alimentos, lleva a enfermar de gravedad, ya que todos los alimentos ingeridos se transforman en azúcares que circulan en el torrente sanguíneo, pues el páncreas no es capaz de producir suficiente insulina. Esto, lamentablemente, hace que la enfermedad sea larga y pronto afecta a los riñones, al corazón, al cerebro; en fin, a varios órganos del cuerpo. Eso, por desgracia, pasó con Michel Assad.

Joseph y Chelita acompañaron a Ana y a todos sus hijos. Mariam hizo todo lo necesario para el velatorio en la iglesia y la misa. Joseph fue a ver la hora en que lo recibirían en el cementerio. Pedrito y su señora llegaron de Santiago para despedir a su padre.

Todo fue en tres días. Estuvieron dos noches de velatorio en casa y lo llevaron a la iglesia después. Se le hizo una misa y lo sepultaron en el Cementerio General de La Unión, en un hermoso mausoleo que tiene la familia. Su señora Anita se afectó mucho y la trataron posteriormente de una depresión tras el fallecimiento de su esposo. Por fortuna, sus hijas la asistían.

Todos volvieron a sus actividades después del funeral. Solo Pedro y su señora se quedaron con Mariam dos días más en La Unión.

—Cualquier cosa que necesites, nos avisas —le dice Pedro.

Se fueron una tarde en el bus. No había tren porque poco tiempo atrás había dejado de funcionar este servicio. Con los cambios, el gobierno militar, con su presidente, le habían recortado el presupuesto a Ferrocarriles y, poco a poco, los trenes se comenzaron a deteriorar. Tristemente, este servicio dejó de funcionar y, en consecuencia, eso llevó a que mucha gente no pudiera transportarse desde lejanos lugares hasta donde llegaba el tren. Ahora, los grandes empresarios con buses y camiones eran los reyes de las carreteras de Chile.

Capítulo XXXIII
Joseph Assad en Valdivia

Después de que fuera bombardeada la Casa de la Moneda en Chile y de la toma del gobierno en 1973 por la junta militar, como ya lo contamos, Joseph se dedicó a viajar y conocer un poco más el mundo junto con su esposa y su hijo menor, que estaba ya en la Universidad Austral, sacando su título de ingeniero del sonido. Fueron a Francia, Estados Unidos, Brasil, Uruguay, Perú y México. Viajes relativamente largos.

Joseph siempre se interesaba por la historia de cada país, sobre todo de los países de habla hispana, que eran los que más entendía. Cuando se trataba de Estados Unidos o de otros países de idiomas diferentes, recurría a su hijo, que hablaba inglés bien.

Chelita disfrutaba. Iba bien protegida con su marido y su hijo, y se sentía muy a gusto. Pensaba en sus otros hijos, ya grandes, cada uno con sus familias, todos profesionales. Sentía cierto orgullo cuando le preguntaban por ellos.

Llegaron los años en que hubo un nuevo plebiscito en el país, el 15 de octubre de 1988. Entonces, la gran mayoría, cansada de todo el gobierno, de la violación de los derechos humanos de hermanos, hijos, padres, y de desaparecidos, votó NO a la continuación del general. A finales de 1989, hubo votaciones y fue elegido el segundo presidente demócrata cristiano en el país, el señor Patricio Aylwin, por bastante mayoría frente a los otros dos adversarios de derecha.

Pasa el tiempo, y Joseph, ya de más edad, debe dejar sus trabajos porque enfermó. Su hijo Simón lo ayuda en sus labores, siempre bien considerado. Lo operaron de una hernia y continuó bien. Fue un buen médico el que lo atendió en la Clínica Alemana.

Continuó su vida la familia Assad. El hijo menor se fue a Santiago y los dos padres se quedaron solos en su casa de Valdivia. Los hijos venían a verlos solo para las vacaciones de verano, cuando podían disfrutar de la casa, del sol del sur, del río de esta hermosa ciudad y de la casa que tenían en la zona costera de Niebla.

Pronto enfermó Joseph otra vez y lo llevaron de urgencia al hospital. Lo operaron, pero lastimosamente falleció.

Con diez años de diferencia entre cada uno, se fueron los cuatro hermanos Assad. El fallecimiento de Joseph Assad en la ciudad elegida para vivir y realizar todas sus actividades fue un acontecimiento que removió a los círculos valdivianos. Todos sus hijos, los parientes, las amistades que quedaban en Temuco, Los Muermos, Puerto Varas, Llanquihue, La Unión, Santiago y todos los amigos vinieron a despedir a Joseph ese 1.º de mayo de 1996.

No podía ser otra la fecha que dejara para su recuerdo: el Día del Trabajo. Ese era su día. Él, que fue un consciente y afectuoso padre de familia, que trabajó por ella, por su esposa y por sus hijos para que salieran adelante; que inculcó, solo con sus acciones, el servicio a los demás; que era amigo de sus amigos y colegas; que estaba siempre para hacer algún favor; que dejó muchos cheques que le entregaron a fecha sin cobrar, pues eran de sus amistades; en fin, hombres como él son difíciles de encontrar.

Sus amigos fraternos lo velaron en los salones de una de las instituciones que presidió por varios años. Él mismo colaboró en la construcción de ese edificio hasta que al fin tuvieron sus oficinas, salas de reuniones y otras salas, que se arrendaban para obtener recursos para seguir con las actividades de ayuda a personas de bajos recursos.

Hubo cartas al diario de amigos de otras ciudades, incluso condolencias desde Argentina, Uruguay y Estados Unidos. Chelita, su señora, acompañada de su hija y de sus otros hijos, organizó la misa en la iglesia catedral, que se llenó. Luego fue llevado al Cementerio Municipal. Varias personas hablaron y lo despidieron. Muchos recuerdos de su vida y de sus buenas acciones, incluso anécdotas de sus compañeros de la fraternidad.

La tumba construida para la familia la hizo en la primera fila de mausoleos y tumbas que dan a la calle Ramón Picarte. Él decía que era para, en el futuro, «ver pasar a todas sus amistades por el frente». En esa misma tumba estaba el hermano fallecido antes.

Su señora lo sobrevivió por trece años más, falleció en el año 2009.

La vida sigue su curso. La mayor parte de sus hijos estaba viviendo en la capital por sus trabajos. Chelita permaneció en Valdivia. En vacaciones de verano se llenaba la casa, ya que ellos venían con sus hijos de todas partes a ver a la abuelita, algunos por quince días y otros por un mes. Ella, afectuosa como siempre, también viajaba a Santiago cuando podía.

Ya jubilada, siguió escribiendo y tomando cursos. Fue difícil para ella, pero logró sobreponerse de tan lamentable pérdida.

Capítulo XXXIV
Viaje de Mariam a Santiago
a casa de Pedro

La señora que había bautizado a su niñita pasaba ahora permanentemente por el negocio. La niña, que ya era casi una señorita, iba con ella por lo menos una o dos veces a la semana, considerando que vivían en el campo y le costaba venir a La Unión.

Conversaba con Mariam y le pedía que, por favor, cuidara a su hija mientras ella hacía unas compras en el centro. También le contaba que sería bueno tener una casa en La Unión, ya que la niña mayor estaba en el colegio y pronto tendría que entrar al Liceo, una institución que no había en el campo.

De a poco fue convenciendo a Mariam de que necesitaba una casa. Ella, con su ingenuidad, la escuchaba. Pensaba que sería una buena idea dejarle la casa a esta señora cuando ella falleciera y que hasta podría cuidarla cuando necesitara atención en su vejez, aunque aún se sentía joven. Así pasaba el tiempo.

Llegado el 2000, año en que muchos esperaban nuevas invenciones y las grandes novedades del siglo XXI, Mariam decidió que era el momento de dejarle la casa a la señora Rina y a su familia. Decidió hablar con Pedro, quien, como abogado, podría ayudarla a realizar el traspaso.

Se fue con la señora Rina a Santiago para hablar con Pedro. Una vez allí, buscaron un lugar donde quedarse, dejaron sus bolsos y fueron al departamento de Pedro, quien ya estaba jubilado. Mariam le explicó su decisión. Pedro, perplejo, no supo qué decirle al principio.

—Prima, si ya tomaste la decisión —dijo finalmente—, vamos a hacer el trámite. Debes ir a la notaría con todos los datos de la casa. Allí te ayudarán a hacer el traspaso de la propiedad.

La señora Rina aprovechó para contarle a Pedro que Mariam tenía muchas cuentas impagas y, además, enfrentaba una demanda de Carlos por impago de sueldos. Asimismo, le mencionó que Nenita, con quien Mariam tenía diferencias, había amenazado con quemar el galpón en complicidad con Carlos. Por suerte, no lograron su cometido. Pedro, preocupado, tomó nota de la situación.

Mariam, contenta con su decisión, agradeció a su primo y ambas fueron a almorzar a un local en la avenida Matta. Buscaron sus bolsos luego y dejaron la pensión. Por la noche, tomaron el bus de vuelta a La Unión, a donde llegaron casi a las diez de la mañana, cansadas del viaje.

—¡Qué viaje más cansador! —expresó Mariam.

—Pero valió la pena, señorita Mariam —agregó Rina—. Ahora sabemos qué hacer. Debemos llevar los papeles de la casa con el rol de la propiedad. Ahí les pedimos a los chicos de la notaría que nos ayuden.

—Sí, señora Rina, pero por favor déjeme descansar. Ahora no valgo nada y quiero dormir, pues no descansé en el bus. La vuelta se me hizo interminable.

—Sí, fue pesada. Vamos a descansar.

—Acuéstese en la pieza de aquí al lado. Yo voy a subir.

Unos días después, se concretó el traspaso de la propiedad a la señora Rina y su familia. Pronto, durante las vacaciones de verano, se mudaron a La Unión. Eran cuatro: Rina, sus dos hijas y su marido Bernardo, quien trasladó su cargo de profesor, siendo asignado a una escuela de la Municipalidad de La Unión. Todos estaban contentos con los cambios.

Mariam también decidió cambiarse de habitación, pues le costaba subir las escaleras del segundo piso. Arregló una pieza en el primer piso y bajó sus pertenencias. La señora Rina se encargó de cancelar las cuentas que tenía Mariam: luz, agua y contribuciones atrasadas. Las pertenencias de la abuela Leila permanecieron en la pieza de Mussi y Rosalía, acumulando polvo por el paso del tiempo y la falta de limpieza.

Mientras la edad comenzaba a reflejarse en su piel, Mariam se miraba en un espejo ya empañado que no le devolvía una imagen clara. Pidió a Elvira que la ayudara a cambiar sus cosas y le informó que la señora Rina se mudaría al segundo piso con su marido. Así se dieron los cambios en la casa.

Elvirita, sin embargo, no estaba conforme. También había envejecido, y un día se fue con una prima que vino a buscarla. Falleció en Lanco, donde tenía algunos familiares.

Capítulo XXXV
Rina vende cosas de la abuela

La vida continúa. Las primas de La Unión quedaron consternadas al enterarse de lo que Mariam había hecho: regalarle la casa a una señora que ellas ni siquiera conocían.

Pronto comenzaron a conocerla, pues la veían con frecuencia en la plaza, en los días en que la Municipalidad organizaba puestos de venta para vendedores ambulantes. Allí la observaron vendiendo objetos antiguos que ellas reconocieron como pertenencias de Leila y su abuelo George.

En otra ocasión, durante una fiesta organizada para los profesores y sus familias en los salones de la Municipalidad, vieron a Rina luciendo pulseras que habían pertenecido a la abuela Leila. Fue Cecilia quien notó especialmente una medalla que Rina llevaba al pecho, la misma que la abuela había usado el día de su boda en Beirut, y que aparecía en una fotografía que ellas conservaban de aquellos tiempos. Rina, al percatarse de la atención de Cecilia, cerró su chaleco y bajó las mangas para ocultar las pulseras, pero ese mismo gesto la delató.

Poco tiempo después, Rina y su familia adquirieron un auto y una camioneta. Parecía evidente que habían vendido las joyas para invertir en estos vehículos. Así, todas las joyas al final se perdieron. Nadie supo quién las compró ni quién las posee en la actualidad. El maletín de cuero color damasco tampoco apareció.

Naturalmente, la vida siguió su curso, y Mariam falleció en el año 2018. Fue sepultada en el Cementerio de La Unión junto a sus padres adoptivos.

Las joyas de esta familia libanesa que llegó a principios del siglo XX a Argentina y, por circunstancias de la vida, después de pocos años emigró a Chile para establecerse primero en Río Negro y más tarde en La Unión, ya desaparecieron.

Lo que queda de esta familia son los nietos, con sus hijos y nietos, ya en la cuarta generación en Chile. Estas son también joyas que dejó la familia libanesa.

Hoy, sus descendientes viven y trabajan en diferentes partes del país, en Los Muermos, Puerto Montt, Puerto Varas, Osorno, Valdivia, Santiago y otras ciudades que han elegido para realizar sus vidas y perseguir sus sueños. Estos hijos y nietos chilenos, activos y comprometidos, continúan construyendo sus familias, creciendo en estudios, trabajo y actividades que contribuyen a la sociedad.

Aunque las joyas físicas, de oro o plata, se hayan perdido, estas no son tan importantes ni valiosas como las otras joyas que adquieres en tu vida: tu familia, tus hijos y el amor que guardas en tu corazón.

Lecturas recomendadas

Lágrimas del pasado. Una historia real (Fabiola Navarro Arriagada)

Historias de viento y tempestad (Norma Uribe Olvero)

¡Buen día, profesora! (Clara Wolman)